JUAN DE JUANES

(Óleo sobre tabla)

Juan de Juanes (Óleo sobre tabla)

Primera Edición

© Sergio Ramírez, 2013

© Sobre esta edición: La Pereza Ediciones, Corp

Editor: Greity González Rivera

Diseño de cubierta: Eric Silva

Fotografía del autor en contraportada: © Daniel Mordzinski

Manufactured in United States of America

ISBN-13: 978-0615892078

ISBN-10: 0615892078

La Pereza Ediciones, Corp

11669 sw 153 Pl

Miami, Fl, 33196

United States of America

www.laperezaediciones.com

JUAN DE JUANES
(Óleo sobre tabla)

Sergio Ramírez

La Pereza Ediciones

ÍNDICE

Para Pilar, con su Cruz a cuestas

I. El don de la ubicuidad

1.

Juan Cruz es el personaje más ubicuo de que yo tenga memoria. La mejor historia que he oído acerca de él, es que cuando dos aviones se cruzan en el aire, en uno va Juan Cruz, y en el otro también va Juan Cruz, y los dos se saludan desde lejos. Algo así no hay necesidad de que alguien se haya tomado el trabajo de inventarlo haciendo acopio de ingenio, porque tiene todos los visos de ser cierto. Crees que está sentado a tu lado en la mesa a la hora del desayuno en el hotel mientras los escritores vienen y van hablando de Michelangelo, en alguno de esos aquelarres internacionales donde parecemos estar todos y no está ninguno, oyes que cuenta una anécdota de las suyas y esperas la carcajada de los contertulios, el final siempre ingenioso, y de pronto lo ves en una mesa lejana conversando con alguien, o entrevistándolo, o está contigo pero a la vez está con el celular al oído hablando con una de sus hermanas en Canarias, o con Soledad Gallegos, la corresponsal de El País en Buenos Aires, o con Iñaki Gabilondo en Madrid, lo cual quiere decir mucho porque siempre trato de imaginar cómo era la vida de Juan antes de los celulares, desde dónde se comunicaba, salía o no salía de su habitación en los hoteles esperando o haciendo una llamada, cuántas veces al día corría hacia alguna cabina telefónica, las monedas en la mano, y debía aguardar impaciente si la hallaba ocupada.

Qué vida más desolada entonces la de Juan sin celular, obligado a concentrarse en él mismo y ser uno solo y no tantos juanes como ahora, lo que quiere decir que entonces estaba más contigo, no tenía más remedio. Con Pilar no hay falla. Pilar siempre está. Tranquila, suave, reposada, segura de sí misma, sabe que a cada minuto debe domar a una fiera inquieta pero sin uñas que es su marido a su costado. Y lo que le ha costado...

2.

Para empezar, a Juan Cruz lo conocí en su despacho de Juan Bravo 38, altos de la Librería Crisol, cuando era director general de Alfaguara, año del Señor de 1994, la vez que llegué a presentarle el manuscrito de mi novela Un baile de máscaras, que publicó al año siguiente. Hortensia Campanella, uruguaya exiliada en Madrid cuando la dictadura militar, quien entonces fungía como mi agente literaria oficiosa, había arreglado la cita.

Fue mi bautismo en Alfaguara, y ya van 16 años. Yo venía de la revolución, un término que yo prefería para disfrazar el hecho incontrastable de que en realidad, de donde venía era de la política, enemiga artera de los escritores, y Juan me dijo entonces, con tino y prevención de editor, que para hacer de mí un escritor con nombre de escritor, era necesario buscar cómo despojarme de la fama de político, algo en lo que estuve plenamente de acuerdo, y lo primero que le pedí es que en las solapas de mis libros no se pusiera que yo había sido vicepresidente de Nicaragua, porque el primero que no compraría el libro de un vicepresidente sería yo mismo.

La siguiente vez que nos vimos en Juan Bravo fue a finales de octubre de 1997, cuando le llevé los originales de Margarita está linda la mar, que acababa de terminar después de un mes de trabajo intenso de corrección final en una finca entre Alcudia y Pollensa, en Mallorca; el nombre que le había puesto era Fin de fiesta, tras una infructuosa búsqueda de título, y Juan me contó entonces que se había abierto el concurso para adjudicar por primera vez el Premio Internacional de Novela Alfaguara, y me sugirió que por qué mejor no participaba con esa novela, al fin y al cabo, si no ganaba, y quedaba entre los finalistas, aquello ayudaría a las ventas, y al plan de seguir haciendo de mí un escritor con nombre de escritor.

No le dije ni que sí ni que no, me llevé los originales de vuelta conmigo para pensarlo, y esa noche Hortensia me aconsejó que sí, que debía participar, y ella misma se encargó al día siguiente, en que yo volvía a Managua, de sacar en una tienda de fotocopias las copias reglamentarias del libro y entregarlas, todo bajo el seudónimo de Benjamín Itaspes, el nombre con que Rubén Darío se disfraza en su novela autobiográfica Oro de Mallorca, y la plica correspondiente. Cuando al mes siguiente hablé con Sealtiel Alatriste, el director de Alfaguara en México, me advirtió que Juan estaba en un error, los finalistas del premio no serían anunciados, había un ganador y punto; pero vuelta atrás ya no había ninguna.

Tal vez serían las ocho de la mañana en Managua aquel día de febrero de 1998 y yo caminaba desde el dormitorio hacia la mesa del desayuno cuando me anunciaron una llamada desde Madrid, que debía tomar en el teléfono de la cocina, y era Carlos Fuentes, presidente del jurado. Y aquí la prestó a Santiago Roncagliolo, ganador del premio en el año 2006, algo que dijo en la mesa que tuvimos en la recién pasada Feria del Libro en Guadalajara cinco de los premios Alfaguara, él, yo, Laura Restrepo, Xavier Velasco, y el último de todos entonces, Juan Gabriel Vásquez: cuando recibió la llamada de Ángeles Mastretta, presidenta ese año del jurado, se dijo: "esto es que gané, porque no sería tan cabrona esta mujer de llamarme para anunciarme que perdí".

Fuentes empezó por preguntarme qué horas eran en Managua, y tampoco es que me estuviera llamando para comparar los husos horarios entre Madrid y Managua. Mi novela había ganado junto a Caracol

Beach del cubano Eliseo Alberto (Lichi), muerto en México este año de 2011, un premio doble, sólo que, me dijo Fuentes, el jurado recomendaba cambiar el nombre de la mía, o lo recomendaba él, o Juan Cruz, que estaba en el jurado con voz pero sin voto, no lo recuerdo, por el de *Margarita está lindar la mar*, y yo acepté allí mismo sin pensarlo dos veces, no estaba para dobles pensamientos, y antes de colgar me advirtió que la noticia no se daría sino una hora después en una conferencia de prensa en Casa de América, con lo que debería quedarme callado hasta entonces, solo en la casa porque Tulita había salido temprano, y amedrentado por la advertencia no me atrevía a alzar el teléfono y llamar a nadie, ni a mis propios hijos, y a Tulita imposible, siempre se ha negado a llevar un teléfono celular porque no quiere que nadie la controle, y ese Nadie, como en la historia de Ulises con el cíclope Polifemo, soy yo.

Sealtiel Alatriste vino a Managua en abril para el lanzamiento, y celebramos el acto en las ruinas de la vieja catedral de Managua quebrantada por el terremoto de 1972, con una apoteósica asistencia de tres mil personas. El podio se hallaba en el altar mayor, y Sealtiel, desde allí, muy emocionado, empezó a recordar cómo había surgido la idea del premio en una plática entre él y Juan Cruz. Sus evocaciones de Juan era constantes: "si Juan estuviera aquí…", "Si Juan pudiera ver esto…", decía. Entre el público comenzó a crearse un ambiente de pesar, como si aquel Juan Cruz a quien Sealtiel recordaba de manera tan perseverante hubiera muerto, y como las huellas de la revolución estaban aún frescas, y a los caídos se les honraba con consignas, desde atrás de la nave en penumbras empezó a crecer un coro que repetía: "¡Compañero Juan Cruz, presente, presente, presente…!"

A finales de ese mismo año, cuando discutíamos mi siguiente proyecto literario después del premio, me dijo Juan: "ahora lo que tienes que hacer es escribir una memoria personal de la revolución, eso le interesará a los lectores". ¿En qué quedábamos? ¿No era eso volver a la política? No debería temer, ya las sombras estaban suficientemente disipadas, me aseguró. Yo me confié en su sabiduría, y, además, coincidió con que, desde Londres, la revista Granta me había pedido que hiciera lo mismo.

De allí resultó Adiós Muchachos, publicado en 1999, y que escribí en Arlington, Virginia, mientras daba un seminario sobre literatura hispanoamericana en la Universidad de Maryland. Es un libro que resultó capital en mi carrera literaria, porque usé los instrumentos de la narración para contar una experiencia tan vital para mí, y tan irremplazable como fue la revolución; y por eso es que en la introducción del libro digo: "de haber nacido un tanto antes, o un tanto después en este siglo de las quimeras, me la hubiera perdido. Y como quien despierta de un mal sueño, compruebo que no me la perdí...."

3.

En fin, de la compañía del Juan Cruz ubicuo disfrutamos en Madrid Tulita y yo cada vez que llegamos, de la suya y la de Pilar, y ahora que tienen un nieto, marzo de 2011, cuando he venido a presentar mi novela La Fugitiva, hablamos de nietos sentados en la terraza del restaurante Las Tres Lunas de la calle Eduardo Dato, muy cerca de donde viven en Chamberí; nosotros tenemos ocho, una cantidad respetable para poder llamarse abuelos y ver qué puede enseñarnos aún Rosa Regás en su manual de aprendizaje Diario de una abuela de verano.

La última vez que nos encontramos fue este mes de noviembre en el apartamento de los Franz, Carlos y Jeannette, calle de Henri Dunant, de donde ya se van pronto porque vuelven a Chile con Serena, la niña de sus ojos; Paula Izquierdo, Jorge y Rocío Volpi, José María Guelbenzu y su mujer Ana Rosa Semprún. La plática consternada giró desde el principio alrededor del suicidio de Pilar, la hija adoptiva de José Donoso, y nosotros que veníamos llegando precisamente de Santiago, donde recibí el Premio Donoso que otorga anualmente la Universidad de Talca.

Pilar, a quien nunca conocí más que a través de su libro de memorias Correr el tupido velo, duro de leer por doloroso, se había excusado de asistir a la ceremonia en la Feria del Libro de la estación Mapocho porque no se sentía bien, o tenía problemas urgentes que resolver, no recuerdo ahora cuál fue su excusa, pero es que ya se hallaba con un pie en la otra dimensión, esa dimensión vacía de los ruidos del mundo y de paredes desnudas a la que se trasladan los suicidas antes de dar el paso final, igual que a un cuarto de hotel desolado donde los pesados muebles apenas caben como esos de los cuadros de Edward Hopper, las maletas que ya nunca serán abiertas depositadas en el piso y la muchacha que sentada en la cama en ropa interior lee lo que parece ser una carta de amor perdido, carta de despedida, pero que no es sino el itinerario de trenes en busca del que habrá de llevarla donde, como Pilar, al fin quiere ir sin necesidad ya de equipaje, sin necesidad siquiera de volver a vestirse.

La ceremonia de entrega del premio fue el sábado 12 de noviembre por la tarde. Nosotros partimos hacia Madrid al mediodía del domingo. El lunes, cerca de las cuatro y media de la tarde, Pilar bajó de su departamento en el tercer piso de un edificio de la calle de Los Leones, en Providencia, y el portero declara que a esas horas tenía el rostro abotagado, como recién levantada de la cama. Regresó al poco rato con unas bolsas del supermercado Ekono, y cigarrillos, dice la crónica del diario La Segunda firmada por Lilian Olivares. El martes ya nadie la volvió a ver. Su tía Luz Larraín, que tenía llave del apartamento, llegó como a las ocho de la noche y entró, vio que la puerta del dormitorio de Pilar estaba cerrada, algo que no era muy extraño porque solía ocurrir, que no saliera del cuarto, y se sentó en la sala a esperar, pero después de una hora el silencio seguía tras la puerta cerrada y bajó a buscar al conserje mientras todo Santiago se hallaba pendiente del partido de fútbol entre la selección nacional "La Roja" y la de Paraguay, en la ronda de eliminatorias para el Mundial de Brasil de 2014, a ver qué iba a pasar porque el partido anterior contra Uruguay resultó en un desastre, una goleada de cuatro a cero con cinco de los seleccionados, las estrellas, suspendidos por presentarse al entrenamiento con aliento alcohólico, algo que había estado de por medio en la conversación el día que almorzamos en casa de Antonio Skármeta, que como buen hincha patriótico resentía la derrota y acusaba al entrenador Claudio Borghi de intransigente, una regañada bastaba, pero una suspensión era excesiva y ya se había visto, catastrófica, mientras Norita, su mujer, como buena alemana lo contradecía, sin disciplina no se va a ninguna parte.

Pero a esas alturas, cuando la tía de Pilar, preocupada, está hablando con el conserje de buscar un cerrajero, Chile va ganando a Paraguay por un gol a cero y menos mal que es el intermedio del partido y el conserje puede despegarse del televisor sin refunfuñar mucho. ¿Habrá un cerrajero en toda la ciudad que no esté sentado también frente al aparato de televisión?

Ella telefoneó a su marido, que es médico, el cerrajero fue encontrado, y también llamaron a los carabineros. La puerta fue abierta por fin a las once de la noche, ya cuando Chile había vencido a Paraguay dos goles a cero y la gente celebraba en la Alameda haciendo sonar los cláxones y agitando las banderas. Para entonces las hijas de Pilar, Natalia y Clara, ya habían llegado al apartamento. Estaba tendida en la cama, con el control remoto del televisor en la mano, como si aburrida de la programación tras hacer zapping inútilmente en busca de algo atractivo lo hubiera apagado para quedarse luego dormida. Según el dictamen forense del Servicio Médico Legal, su muerte se produjo diez horas atrás, es decir, cerca de la una de la tarde de ese martes, y según el mismo dictamen la autopsia reveló que a causa de "una intoxicación medicamentosa".

Conozco de todo eso, mal que me pese, porque me ocurrió con Francisco Ruiz Udiel, un poeta muy joven que trabajaba de cerca conmigo en la revista Carátula, y este primero de enero me llamaron a la playa donde pasaba el fin de año, una comunicación mala debido a la lejanía por lo que tuve que salir de la casa con el celular en el oído, y subir a una loma de hierba crecida bajo la resolana, hasta que por fin escuché la voz de Ulises Juárez, mi otro colaborador, Francisco se había colgado la noche del 31 de diciembre de una viga del garaje de su casa en el barrio San Antonio de Managua, despistó a todo el mundo diciendo que estaba en León invitado a una fiesta, borró de antemano todos los archivos de su computadora como quien quiere irse de manera furtiva sin dejar huellas y había comprado la soga días antes, una soga nueva de nylon que guardó oculta debajo de su cama mientras llegaba la hora, y no fue sino luego, releyendo sus poemas, que encontré tan obvias las señales, un gas tóxico de olor acre impregnándolo todo:

No metas tu mano

en la hendidura oscura

cuando cierre mis ojos,

no encontrarás el mundo allí adentro…

No metas tu mano. Pilar metía la mano en la herida de su pasado buscando encontrarse, un doble pasado, su madre biológica que la había dejado a los tres meses de edad en un hogar de adopción en España y cuya vida ignorada quería conocer y ya no pudo, y la vida y los secretos de sus padres adoptivos, ocho años entre los papeles de José y María Pilar queriendo encontrarlos y encontrarse también, y entre lo que vino a hallar estaban los esbozos o fragmentos sueltos de una novela de Donoso en la que una hija descubre los diarios personales de su padre y después de leerlos se suicida, un espejo de viejo azogue carcomido colocado frente a su rostro en el que se vio y ya nunca más pudo dejar de asomarse a aquel abismo de turbios reflejos.

Y lo escribió, lo describió todo en Correr el tupido velo, un espejo colocado frente a otro espejo, el padre muerto que llama en el reflejo a la hija para que cumpla el destino que como personaje le ha asignado en la novela. El padre paranoico que la acusa de robarle, de tramar su asesinato, "ya sé quién es la ladrona", escribe en su diario, un personaje él mismo de sus propias novelas cuyos demás personajes convivían con la familia como habitantes de la misma casa y se sentaban a la mesa a la hora del almuerzo, recuerda Pilar, un escritor vicioso de la escritura que se encerraba escribir cada mañana con toda premura metido en su albornoz y en pantuflas, sin siquiera ducharse, y la madre alcohólica que vive de los recuerdos de su pasado de rica beldad sudamericana entre príncipes y marajás, mientras la hija desamparada busca las palabras como la única manera de explicarse a sus padres, de encontrarlos después de la muerte. Ha vivido al lado de unos seres humanos complicados, como ella misma dice, y por medio de su libro busca reconciliarse con ellos, unos seres que la vida puso en su camino cuando la encontraron en un orfanato, y no busca ajustar cuentas, sino comparar cuentas; saber, entender, comprender, ponerse en paz. ¿Pero lo consigue?

Mi identidad estaba en ellos, no tenía por qué buscarla en otra parte, le dice a Juan Cruz en la presentación del libro en Casa de América en Madrid el 28 de septiembre de 2010. ¿Pero la encuentra? En su voz apagada de doble acento español y chileno hay pesadumbre, una cierta fatiga que no puedo dejar de notar ahora que me siento a ver el video, triste hasta cuando ríe. Juan le dice que hay una triple delicadeza en el libro, ética, psicológica y literaria, y es cierto, pero no puede tampoco dejar de haber desasosiego para quien se asoma a una tumba sin quietud aunque su intención sea, como ella afirma, botar lastre, dejar atrás los fantasmas molestos que sigue cargando, el fantasma del padre, el fantasma de la madre. Un padre que alguna vez le ha dicho: "eres más madre mía que yo padre tuyo", con lo que sólo ese fantasma paternal pesa ya el doble; y mientras lo recuerda en la conversación con Juan frente al público, un fantasma contradictorio, tras la ventana de cortinas de gasa que está a sus espaldas, ha caído ya la noche en Madrid.

Palabras que pesan y que cuestan. Cuando se toca fondo hay que pagar un costo por lo que se escribe, palabra por palabra, y este libro de Pilar, por todo lo que confiesa, entre otras cosas, acabó con su matrimonio con Cristóbal Donoso Larraín, sobrino carnal de su padre. Pilar solía decir, según su tía Luz Larraín, "no sé vivir", y el espejo le respondía: "sólo sé morir". La escritura terminó siendo una apuesta mortal porque deshizo su familia y deshizo su propia vida.

4.

La escritura, que es siempre un viaje en la penumbra de las palabras, lo dice Francisco Ruiz Udiel en sus líneas y entrelíneas. La noche negra del alma. Se lo recordaba Rubén Darío a Valle Inclán en Peregrinaciones, poema de 1914, una crónica onírica sobre la romería fantasmal de ambos a Santiago de Compostela:

Era una noche negra, negra,

porque se había muerto el Sol:

Nos entendíamos con gestos,

porque había muerto la voz.

Reinaba en todo una espantosa y profunda desolación…

El viaje a Ítaca, el viaje a Citeres, el viaje a Compostela. El viaje en un tren de vagones que se vuelven más oscuros mientras va cerrándose la noche; el viaje que se hace caminando debajo de una escalera para llegar a una ventana que da a una puerta que da a un abismo; y el viaje que se inicia de madrugada en la plaza de una ciudad muda junto al mar que resuella en la distancia, un viaje bajo el fulgor de las estrellas perdidas en el cielo más distante que pueda imaginarse como el que recién había emprendido Pilar esa noche que la evocábamos en Madrid, igual que un año antes Francisco.

El viaje por las aguas del río Leteo. ¿Qué hace Francisco, un muchacho de apenas treinta y tantos años navegando esas aguas, que son las aguas de un río de viejos? ¿Y Pilar, que pasaba apenas de los cuarenta? Las aguas del Leteo son las aguas del olvido. En El coloquio de los Centauros de Darío, Medón dice:

¡La Muerte! Yo la he visto. No es demacrada y mustia

Ni ase corva guadaña, ni tiene faz de angustia.

Es semejante a Diana, casta y virgen como ella;

En su rostro hay la gracia de la núbil doncella

Y lleva una guirnalda de rosas siderales.

En su siniestra tiene verdes palmas triunfales,

Y en su diestra una copa con agua del olvido.

A sus pies, como un perro, yace un amor dormido.

¿Qué ocurre cuando el viaje se adelanta? En el Diálogo de los muertos, de Luciano de Samosata, los pasajeros deben acomodarse en la barca de velas remendadas de Caronte que no admite mucho peso porque las maderas están podridas, y por tanto, la primera instrucción del barquero es que todo el mundo debe prescindir de cualquier equipaje, aún de la ropa, túnicas, mantos, tiaras, hasta quedar desnudos porque para aquel viaje sobran las pompas y fatuidades. Hermes, el dios tramposo y ladrón de ganado, dirige la operación como le corresponde, y el primero en subir es Menipo, quien, ajeno a vanidades se había despojado ya antes de su manto, y sólo lleva su alforja y su bastón, de los que no tiene ningún inconveniente en deshacerse. Ya todos acomodados en la barca, Hermes pregunta a Menipo: "¿Y a ti, Menipo, no te apena estar muerto?" A lo que responde: "no tengo ninguna razón para estar afligido, pues, como bien sabes, me adelanté a la muerte, sin que nadie viniese a buscarme". Otro que se quedó dormido con el control remoto del televisor en la mano, otro que fue a comprar la soga y recibió la factura correspondiente sellada por el cajero de la tienda.

Y otro viaje aún. El viaje que Orfeo hace al reinado del Hades en busca de Eurídice. Orfeo desciende a las entrañas del misterio y de la muerte en busca de Eurídice, es decir, en busca de la poesía, es decir, en busca de las palabras. Las palabras que son las únicas capaces de correr el tupido velo, cualquiera que sea el misterio que aguarda del otro lado. Porque la poesía es Eurídice. Un poema de Francisco se llama Equipaje para bajar al infierno. No se baja al infierno por causa de la culpa, sino por el canto, como Orfeo:

Tenía tantas ganas de morir

Que se durmió con

Dos monedas en la mano

Y un diccionario griego…

¿En qué mundo vivió Pilar? En el mundo de las palabras, las suyas y las de su padre, porque en su libro de memorias acude constantemente a los diarios y cartas que José Donoso dejó en los archivos de la Universidad de Iowa y en los de la Universidad de Princeton, una intimidad incómoda y molesta como todas las intimidades, cadáveres en el desván que huelen mal, con la ropa hecha girones, un olor subversivo pero a la vez seductor.

Vivir por las palabras viene a ser el oficio más peligroso del mundo. Y como siempre estamos regresando, el viaje al Hades es el mismo viaje a Ítaca, somos siempre el que se va y el que regresa, el que parte y el que se queda. Como Ulises, como Orfeo, como Pilar, y como termina escribiendo Francisco:

Me canso de despertar,

La luz me hiere cuando ver no quiero.

El viaje a Ítaca nada me ofrece.

Si hubiera al menos un poco de vino

para embriagar los días que nos quedan

embriagar los días que nos quedan

que nos quedan...

El viaje de Pilar a Ítaca es el viaje de regreso a Calaceite, el pueblo de Teruel donde vio los años más dichosos de su infancia al lado de sus padres adoptivos, al menos en sus recuerdos, porque la memoria falsifica también la dicha; un viaje que ya no pudo hacer sino en la muerte, las dos monedas de cobre en la mano para pagar el óbolo al barquero. O dentro de la boca, debajo de la lengua, como las palabras.

5.

Puede ser que Juan todavía se quede escribiendo su blog. Mira que te lo tengo dicho al regresar a esas horas a su casa en Chamberí, y ya a las seis de la mañana está con el teléfono en mano para correr luego a tomar un taxi que lo deje frente a las puertas de El País en la calle Miguel Yuste, donde es ahora "adjunto al director", que él mismo explica que no es lo mismo que "director adjunto", una pieza infaltable en el periódico que ayudó a crear en 1976, apenas seis meses después de la muerte del Generalísimo Francisco Franco, y al que regresó tras su época de editor en Alfaguara.

Juan Cruz siempre a bordo de un taxi y el celular en el oído, hacia El Retiro, puertas de Cocheros, si hay Feria del Libro, Madrid visto desde la ventanilla de un taxi donde a veces uno tiene suerte de hallarse a un chofer que oye a Chopin, a Schubert, pero casi siempre está puesta la cadena episcopal Cope al mayor volumen posible, unos contertulios a cual más reaccionarios que se arrebatan la palabra, como aquella vez que recogimos en su casa a Mario Benedetti para seguir hacia el restaurante donde presentaríamos a los periodistas mis Cuentos Completos de Alfaguara que él había prologado, otoño de 1998, ¿podría apagar la radio que no nos deja conversar?, solicitó Mario en un tono cordial pero terminante que no daba lugar a contradicciones, y el chofer, aunque de mala manera, hizo caso; y luego puede que esa misma tarde Juan corriera a tomar en Barajas el avión hacia Londres donde una vez entrevistó a Francis Bacon, que nunca daba entrevistas, o hacia Estocolmo cuando toca la ceremonia del premio Nobel, y ha estado siempre allí como cronista infaltable con Cela, rodeado de una corte hostil según cuenta en su Egos revueltos, con Gabo que llegó con una tropa entera de cumbiamberos, vestido de liquiliqui y zapatos blancos como un estanciero de los llanos del Arauca vibrador, con Günter Grass, con José Saramago, con Vargas Llosa, y así, la vez de Saramago, desprevenido lo llamé por teléfono desde Managua y me respondió por el celular diciéndome que iba ingresando al Palacio de los Conciertos para la ceremonia, metido en un grueso abrigo de astracán por el perro frío que hacía en pleno diciembre, y una y otra vez cruzando el Atlántico, muchas más veces que las siete que me enseñaron en la escuela primaria que lo había hecho Fray Bartolomé de las Casas para pelear ante el Consejo de Indias la causa de los indios quitados al fin de la esclavitud pero a costillas de los negros, el mismo Juan que va y viene en distintos aviones y ambos se saludan de lejos desde la ventanilla.

En Barcelona, la misma vez del premio Alfaguara de 1998, cuando a la una de la mañana regresábamos de una fiesta en los Jardines de la Ciudadela y frente a la Lonja un asaltante armado de un cuchillo cortó las correas del bolso de Tulita y huyó con su botín por las callejuelas oscuras del barrio gótico mientras Juan lo seguía a toda carrera, yo corría detrás de Juan para agarrarlo de la chaqueta y detenerlo porque no pensaba que fuera sensato interrumpir la gira del premio debido a que ambos fuéramos cosidos a puñaladas. Y siempre encontrándonos en el Hay Festival de Zacatecas, en el de Xalapa, en el de Cartagena, en la Feria Internacional del Libro de Guadalajara, en la de Miami, en la de Bogotá, en la de Buenos Aires, feriantes, enferiados, adonde la pasión de la literatura lo lleva a él y me lleva a mí, el mismo viento impetuoso que arrastra a tantos Juanes como hay en él.

6.

Nos hemos encontrado en Buenos Aires no pocas veces. Cuando el ya dicho premio Alfaguara en 1998, para la época de la Feria Internacional del Libro, caminábamos por una de las calles de Palermo, y entonces entró a toda prisa a una librería de esas que siempre están abiertas e iluminadas a medianoche, y sigue siendo el único lugar del mundo donde ocurre el milagro, para comprar un libro sobre el tango y regalárselo a Tulita, aunque una cuadra después me dijo, y esta es una frase que uso para saludarle cuando nos vemos: "el tango es un coñazo…".

Yo le había escrito a Ezequiel, hijo de Tomás Eloy Martínez, quien trabaja en el suplemento literario Ñ del diario El Clarín, que la próxima vez quería visitar la tumba de Tomás, y así lo hicimos una tarde de primavera del mes de noviembre de 2010, ya cuando el verano va encendiéndose en el cielo austral sobre el río de la Plata. Pero, primero, Ezequiel nos llevó a Tulita y a mí, y a Juan y Pilar, a visitar la Biblioteca Pública Municipal "Miguel Cané" de Boedo, donde trabajó Borges escribiendo a mano fichas para dar entrada a los libros en el catálogo, y de donde fue destituido en 1946 a la llegada del peronismo, nombrado a cambio inspector de gallineros y aves de corral, porque, entre otras cosas, al poder le gusta el escarnio. Ahora estaban desocupando el segundo piso para instalar los libros de Tomás, su escritorio, sus papeles, todo como él lo dejó, como si fuera a vivir allí al lado del cubículo que ocupó Borges, los dos entregados a amena conversación, y qué interminable, si tienen la eternidad entera. Algo de eso escribí en el libro de visitantes, que a ambos les esperaba una plática sin fin de la que es una lástima perderse.

Luego recalamos en el café Margot para el almuerzo, allí mismo en Boedo, invitados por Josefina Delgado, la secretaria de Cultura del gobierno de Buenos Aires, y por fin, a bordo de una camioneta del mismo ministerio, parecida a un vehículo celular de la policía de esos que recogen borrachos díscolos en las madrugadas, con una reja divisoria atrás para transportar libros, y no prisioneros, enfilamos hacia el Cementerio Memorial de Pilar, no sin antes detenernos en un puesto de flores pues Tulita, mi mujer, quería llevarle a Tomás unas rosas rojas.

Hay que viajar unos cincuenta kilómetros por la ruta 9 que va a Rosario, siempre congestionada de vehículos, a través de suburbios prósperos marcados a uno y otro lado por desarrollos residenciales, centros comerciales, supermercados, fábricas, agencias distribuidoras de coches, como si la ciudad se empeñara en no terminar nunca y olvidara sus confines, hasta que dejamos la autopista por una vía secundaria y llegamos a las puertas del cementerio amurallado, escondido entre arboledas.

Es uno de esos cementerios que parece un silencioso campo de golf, con sus suaves colinas verdes, tersas como alfombras, los árboles sembrados en lugares estratégicos por los paisajistas, araucarias, álamos, sauces, un sicomoro, de esos mismos de la Biblia, los senderos de grava apacibles, discretas bancas para el descanso y la contemplación, y en los

29

prados impecables las tumbas marcadas por pequeñas placas entre la grama, todas iguales, las inscripciones grabadas con la misma tipografía. Infinita uniformidad del parque funerario, hasta donde la vista no alcanza.

Ezequiel nos condujo hasta el sector K, donde reposan las cenizas de Tomás al lado de una vecina desconocida, ya será cosa de sus habilidades cordiales de buen conversador, de las que siempre hizo gala, para ver si podrá hacer amistad con ella; no necesitarán hablar solamente de libros, a Tomás le sobraban los temas, y están los eternos de la vida y de la muerte que siempre lo sedujeron.

El sector K. Algo hay en esto del mundo cerrado y a la vez vacío de Kafka, y en el prado verde donde los pájaros trinan por fuerza para que sea un paisaje apacible verdadero, alguna puerta secreta habrá hacia el otro paisaje desolado donde se alza el castillo desierto al que el señor K., el agrimensor, tratará inútilmente de llegar. Tomás, solícito como siempre, lo ayuda a rellenar el formulario de inscripción que han enviado del castillo mismo para que el forastero pueda alojarse en la posada del pueblo, en la que Tomás ya tiene un cuarto. ¿Qué puede enseñarle Tomás al viajero inexperto que no sabe para qué lo han llamado, mientras conversan a la hora de la cena en el estrecho comedor de la posada que huele a col ácida ya rancia? Puede enseñarle, para empezar, que toda mentira hay que convertirla en verdad, y viceversa, que la literatura es eso, borrar las fronteras entre lo vivido y lo imaginado. Es lo que buscó siempre, y ya lo ha encontrado.

No en balde en su lápida hay inscrita una frase suya: "nos pasamos la vida buscando lo que ya hemos encontrado". Ezequiel retira el tubo, de los que hay en cada una de las tumbas, y que sirve de florero, y va por agua a uno de los grifos. Sus flores, y las nuestras, allí juntas, y luego permanecemos en silencio, un silencio profundo, mientras arriba en el cielo soleado, porque es ya tiempo en que oscurece tarde, las nubes pasan lentas, y yo diría, tan indiferentes.

¿Por qué prefirió Tomás que sus cenizas quedaran aquí, en un cementerio donde para venir a verlo es necesario organizar toda una excursión? Porque su esposa venezolana, Susana Rotker, crítica literaria y crítica de cine, profesora de letras, muerta años atrás en un absurdo accidente en New Brunswick, New Jersey, atropellada por un camión, está enterrada muy cerca, en un cementerio judío. Es lo más próximo posible que Tomás, que se salvó entonces de morir en aquel mismo accidente, pudo quedar de ella.

Un escritor es siempre todos sus libros, desde la primera línea hasta la última; y cuando vamos de regreso a Buenos Aires por la carretera siempre atestada, y hay ya señales del crepúsculo, pienso que esa inscripción en la lápida de Tomás, y todo lo que escribió, párrafos, páginas, en lugar de quedarse congelados cobran vida cada vez que abrimos uno de sus libros, o volverán a cobrarla cuando alguien en el futuro vuelva a abrirlos, y así habrá Tomás para siempre, no sólo en el eterno diálogo con Borges en Boedo, prestándose libros entre ellos y hablando de los libros de los otros, contándose chismes, además, porque eso a los dos les encantaba, sino en su diálogo con quienes ahora los leemos y con quienes habrán de leerlos mañana.

II. Bronce corintio, mármol de Jonia

1.

Cuando a Bartleby, el escribiente solitario del cuento de Melville, se le quería confiar una nueva tarea de oficina, solía responder invariablemente: "preferiría no hacerlo". Esa frase se volvió un tópico de la literatura. En Bartleby y Compañía, Enrique Vila-Matas hace una lista bastante exhaustiva de los escritores que han padecido el síndrome de Bartleby. Son quienes ven la literatura no como un asunto de abundancia, sino de rigurosa escasez, tal es el caso de Augusto Monterroso, guatemalteco nacido en Honduras, venido de una parentela de buscadores de oro, gambusinos o güiriseros, y quien tras variados exilios recaló para siempre en México.

Para Monterroso la escritura fue siempre el resultado de una búsqueda incesante, un milagro que al realizarse podía quedar plasmado en unas pocas palabras, o en unas pocas páginas. Y escritura, según su juicio, era también lo que no se escribía. Balzac, el copioso, venía a ser todo lo contrario de su concepción, o escogencia, de la literatura, y a la vista de aquella montaña de literatura Monterroso, el parco, exclama, lleno de graciosas ínfulas: hoy he escrito una línea, hoy me siento un Balzac.

En su cuento magistral El zorro es más sabio, que cierra su libro La oveja negra y demás fábulas, escuchamos la historia del Zorro escritor a quien siempre pedían un nuevo libro, a pesar de que ya había publicado dos, aclamados por la crítica. "En realidad lo que éstos quieren es que yo publique un libro malo; pero como soy el Zorro, no lo voy a hacer", pensaba el Zorro. La astucia y la brevedad. En el personaje del Zorro escritor, no pocos descubren al discreto Juan Rulfo, que se negó a escribir un tercer libro, o inventó que estaba escribiendo uno que se llamaría La Cordillera para que lo dejaran en paz, pero nunca lo empezó.

Recuerdo, además, una broma de Monterroso frente a un grupo de estudiantes guatemaltecos que planeaban editar una revista y llegaron a visitarlo a su casa en la ciudad de México para pedirle una colaboración literaria. Los mandó con otro escritor, poeta compatriota suyo, también en el exilio, diciéndoles: "pídanle a él, ése tiene bastante".

Obras completas y otros cuentos fue para mí una revelación temprana de lo que debía ser la literatura para un principiante, cuando se publicó en 1959. Un principiante como yo, ahijado de la literatura vernácula centroamericana, a quien se ofrecían ahora unos textos sin desperdicio de palabras, que despreciaban el rezago vernáculo y abría puertas para ventilar la literatura, lejos de los circunloquios paternalistas del regionalismo.

Allí es donde está El Dinosaurio, ese cuento tan famoso de una sola línea, una sola coma y un solo punto que es, además, el único cuento que puede aprenderse de memoria, como muchos lo hemos aprendido, y que cabe a lo mejor en la estricta medida de un twitt. Todos los textos de ese libro eran entonces reveladores por modernos, y como al Zorro de su fábula, Monterroso empezó a prevenirse de no caer en las provocaciones, y así nunca dio traspiés escribiendo demasiado. Si alguna vez le dije, hiriendo su modestia, que nunca había él escrito una sola línea mala, habría de responderme, antes de soltar su risa sosegada, que era porque escribía poco. La ilustre compañía de Bartleby. Monterroso recomendaba, además, frente a la página que una creía perfecta, agregar algún error, para lograr así la imperfección.

Una revolución en un vaso de agua, porque ese libro, editado entonces por la Imprenta Universitaria de la Universidad Nacional Autónoma de México, con una modesta tirada, era un libro para iniciados.

Igual que Borges, Monterroso pasó de ser un escritor para escritores, a ser un escritor para lectores. No soy un escritor para las masas, prevenía Rubén Darío, pero indefectiblemente iré a dar a ellas. El rigor, ya se ve, es un buen camino cuesta arriba.

2.

Tito vino a Berlín en 1974 invitado por no sé qué organización alemana de esas que invitaban escritores, Internationen, el DAAD, el Goethe-Institut, lo alojaron en un hotel de la Kärntnerstrasee pero terminó recalando en mi casa de la Helmstedterstrasse en el antiguo barrio judío de Wilmersrdorf. Una mañana tenía él una cita con el director del Instituto Iberoamericano de Berlín que entonces quedaba bastante extramuros, en un palacete de Lichterfelde donde recién habían filmado escenas de la película Cabaret de Bob Fosse con Liza Minnelli, me pidió que lo acompañara y nos subimos a la línea de autobús que yo conocía bien porque durante meses había pasado yendo diario a consultar los fondos de la biblioteca para escribir mi ensayo Balcanes y Volcanes sobre la cultura centroamericana, llegamos, Tito iba de saco y corbata como visitante oficial, yo en pantalones de franela y suéter cuello de tortuga, además de que me había dejado el pelo largo y un bigote hirsuto de charro del cine mexicano, entramos al despacho y de inmediato fue obvio el desdén con que el atildado personaje me trataba, mi facha de escritor de tiempo completo que ha renunciado a las pompas mundanas era obvia, y también eso de andar invitando a que te acompañen a una entrevista oficial no es muy alemán que se diga, aunque el colmo vino cuando el Herr Direktor ordenó por el teléfono que trajeran dos tazas de café excluyéndome de manera abierta de la cortesía, y cuando entró el camarero con las dos tazas, Tito, azorado, volvió a presentarme como si antes no lo hubiera hecho ya, pero, esta vez, tuvo la iluminación de darme el título de doctor, el doctor Ramírez, dijo, y aquello fue como si hubiera frotado la lámpara de Aladino, en Alemania Herr Doktor es algo que está en la categoría de lo sublime, y hay también Herr Doktor Doktor, y mejor aún, Herr Professor Doktor Doktor que ya es todo un orgasmo, y entonces el Herr Direktor, que era Doktor él mismo, por supuesto, no sólo ordenó de inmediato un café para mí sino que encima pidió galletitas para todos, y hubiera sido inoportuno y contraproducente explicarle, porque hubiera arruinado la operación salvamento de Tito, que cuando me gradué de abogado en Nicaragua el título era de doctor en derecho, antes de que fuera rebajado al de licenciado, y eso me recuerda que una vez en un mitin en Santo Domingo en solidaridad con la lucha del pueblo de Nicaragua allá por 1978, el doctor José Francisco Peña Gómez me presentó como comandante, el comandante Sergio Ramírez y allí sí me dio pena, yo nunca había disparado un solo tiro ni sabía manejar un arma, y cuando me situé frente al micrófono frente a la multitud enardecida me sentí obligado a aclarar que yo no era comandante pero que no se preocuparan, también me llamaban doctor y tampoco lo era.

3.

Margot Glanz cumplía años y había una comida en Condesa, en un centro cultural designado como residencia de escritores perseguidos, una iniciativa del Parlamento Mundial de Escritores presidido por Wole Soyinka, y respaldada por Cuauhtémoc Cárdenas, entonces jefe del gobierno de la ciudad de México, entré junto con Sealtiel Alatriste y fuimos a dar a la mesa donde se hallaba Tito Monterroso al lado de Bárbara Jacobs, la conversación se animaba y los temas eran muchos y desconcertados, toda una fiesta mexicana sin rigores, y de pronto Tito me miró a los ojos como si me diera la señal, no era la primera que lo hacíamos, y empezó muy serio, ya se confirmó, supiste, me dijo, la partida de nacimiento de Agustín Lara acaba de ser descubierta en los archivos del registro civil de Quezaltenango, de modo, le dije yo, que era cierto el rumor, entonces resulta que Agustín Lara es de verdad guatemalteco, sin la menor duda, respondió Tito con cara circunspecta, y los demás, mexicanos todos a la postre, se miraban inquietos y preocupados, aquella era una bomba expansiva de onda silenciosa, alguien se atrevió a decir que Agustín Lara era de Tlacotalpan, Veracruz y eso nadie lo había puesto en discusión, allí está el error, respondió Tito con cara de investigador científico, esa es una historia que el mismo Lara inventó porque comercialmente le convenía ser jarocho, fue algo que arreglaron entre él y Toña la Negra, así vendían más discos, pero hay más, dije yo, también en el archivo eclesiástico de León en Nicaragua acaban de hallar la fe de bautismo de Alfonso Reyes, su padre lo trajo de tierna edad a Monterrey desde Nicaragua, y aquello ya era demasiado, dos glorias nacionales estaban siendo arrebatadas de la manera más impune y desconsiderada, y ya entonces se alzaron las voces de inconformidad, alguna de protesta sofocada, y Tito se reía por lo bajo, como quien no quiebra un plato, cuando su oficio era ese, quebrar platos con el menor ruido posible.

4.

Lo primero que se me ocurrió escribirle a Carlos Monsiváis cuando me llegó la noticia de que había ganado el Premio Juan Rulfo, es que, ahora sí, su augusta cabeza quedaría eternizada en egregio mármol. Bronce corintio, mármol de Jonia, a él que tanto le gustaba citar de memoria a Rubén Darío.

Para quienes no lo sepan, los bustos de todos los ganadores del premio, desde que éste se concedió por primera vez en 1991 al poeta chileno Nicanor Parra, van sumándose en el salón de honor del Paraninfo de la Universidad de Guadalajara, escritores tan irreverentes, algunos de ellos, como el propio Parra, como Augusto Monterroso o como Juan José Arreola, o el propio Monsiváis, que alguna vez se burlaron de bustos y otras clases de monumentos, en mármol, bronce, yeso o cemento. Pero al que no quiere caldo, dos tazas.

No sé si fue a Carlos Fuentes a quien se le ocurrió decir, con toda fortuna, que Monsiváis era el Quevedo mexicano. Un Quevedo contemporáneo, trasladado a tierras de América igual que don Pablo, el buscón, termina, al final de sus aventuras en la península, embarcándose hacia el nuevo continente. Quevedo, o un personaje de Quevedo, rodeado de sus célebres y celebrados gatos, dueño de su propia leyenda en el hacinamiento del infinito distrito federal, implacable y mordaz, incesante en el ingenio y despiadado en sus juicios de fingida inocencia. Era evangélico, y cumplía con asistir a los cultos ascéticos de su iglesia, una rareza misteriosa suya acerca de la cual nunca le pregunté.

Un lector pantagruélico, y un singular conversador, armado de juiciosos silencios, y sus pausas para escuchar, o sus sonrisas de desdén, valían por la más irónica de sus frases. Para él la literatura nunca podía presumir inocencia, y si no tenía garras y dientes, era una literatura mentirosa y conformista. Y sin haberse apuntado a la literatura de invención, fue capaz de convertirse en el mejor novelista de la realidad diaria, sin exagerar o deformar los relieves de esa realidad mexicana que poco necesitaba de retoques para parecer tan imaginativa, desde las bailarinas de bataclán a los políticos y dirigentes sindicales del PRI.

Un cronista minucioso, una de cuyas mejores habilidades fue la de despojar de color local a todo lo que acontece en México, y hacer que esos acontecimientos, pasados por el tamiz de su ingenio, pudieran ser leídos a título ejemplar. Escritura edificante la suya, de inconmovibles propiedades morales, que siempre tuvo algo que enseñar con la boca llena de risa contenida, y que supo desnudar a quienes se esconden tras sus vanas vestiduras, revelando lo que en verdad hacen que es siempre lo contrario de lo que dicen, no importan los disfraces, porque la banalidad y la falta de recato tienen también esta mala calidad doble, la de los hechos fementidos, y las palabras fementidas.

Riéndose de su propia gloria, y de su busto, Monsiváis entró de cabeza en la galería de los ilustres, los laureles siempre verdes en sus sienes. Y al morir fue velado, como correspondía a su ilustre prosapia iconoclasta, en el Palacio de Bellas Artes. Bronce corintio y mármol de Jonia. Y su tropa de gatos huérfanos, repartidos en adopción, dispersos por las azoteas del Distrito Federal.

5.

Gabo tiene un ego cordial y generoso, a veces reservado, otras veces caprichoso. Hay personas que le gustan y otras que no, y eso lo hace establecer distancias. Y situaciones en las que tampoco le parece bien verse comprometido. Una vez, en los años ochenta, se discutía un viaje a Nueva York para hacer lobby por la causa de Nicaragua delante de los medios de comunicación, en medio de la guerra que alentaba la administración Reagan. Estaban presentes en la reunión Gabo y Cortázar, y la idea es que los dos encabezaran esa delegación.

Julio se encogió de hombros y dijo que sí, claro, por supuesto, en cualquier momento, de manera muy natural, pero Gabo frunció el ceño, no era cosa de salir al día siguiente, debía ser algo muy bien planeado, con quién y dónde se iban a reunir, no había cosa peor que la improvisación que llevaba siempre al fracaso, eso de subir por unas escaleras oscuras y enclenques para encontrarse en una oficina mugre con una viejecita que editaba una revista muy militante pero clandestina, para eso a él no lo conseguían.

El aura de la fama no lo aleja de los desconocidos, sino que lo vuelve cordial y expansivo con todos los que se le acercan en busca de un autógrafo, de una fotografía juntos. Siempre he pensado que en la literatura latinoamericana sólo ha habido tres superestrellas, que desbordan los cánones de la literatura para pasar al amplio y fragoroso dominio de la cultura de masas, igual que los artistas de cine, los futbolistas y los boxeadores.

Vamos por partes. Apenas se sabía en La Habana o en Montevideo que acababa de atracar el buque que traía a Rubén, el muelle se llenaba de admiradores que esperaban ansiosos hasta que se asomaba por la barandilla y entonces estallaban los vítores, volaban las flores de manos de las damas y damitas, y los sombreros soltados al aire por los caballeros. Cómo se regaba la noticia es algo que ignoro, lejos de cualquier favor mediático pues ni radio había entonces. Lo mismo le pasó cuando llegó a Veracruz en mayo de 1910 y no lo dejaron bajar del barco porque el gobierno del general Zelaya al que representaría en las celebraciones del centenario la independencia, había sido derrocado, y el general Porfirio Díaz no quería problemas con los yanquis, patrocinadores del derrocamiento. El mismo Rubén lo cuenta en su autobiografía: "Entretanto, una gran muchedumbre de veracruzanos, en la bahía, en barcos empavesados y por las calles de la población, daban vivas a Rubén Darío y a Nicaragua, y mueras a los Estados Unidos…". No lo dejaron las autoridades militares ir más allá de Xalapa, adonde viajó en tren, y allí otra vez fue agasajado: "las niñas criollas e indígenas, regaban flores y decían ingenuas y compensadoras salutaciones. Hubo vítores y músicas. La municipalidad dio mi nombre a la mejor calle…"

Otro es Pablo Neruda, que arrulló a varias generaciones de enamorados que lo perseguían en aeropuertos, lobbies de hoteles, teatros y restaurantes con ejemplares de los Veinte poemas de amor en mano para obtener su firma. Lo vi una vez en 1970 cuando llegó a pronunciar un discurso en el Congreso Latinoamericano de Escritores que se celebraba en un balneario cercano a Caracas, llegaba, no llegaba, el rumor se agitaba entre los concurrentes, se sabía que ya estaba en el país porque el barco que lo traía ya había atracado en la Guaira, era fama que no viajaba en aviones sino en barco, y por fin un mediodía el alboroto, Neruda entraba a la sala de plenarios entre un relampagueo de flashes seguido por una nutrida comitiva, del brazo de Miguel Otero Silva, habló, un discurso nerudiano sobre los dolores de América, y así como vino se fue, entre flashes, y aplausos, y los últimos de la comitiva corriendo para no quedarse rezagados.

Y Gabo, que cierre este trío. Cuentan que en vísperas de alumbrar las alboradas del modernismo dariano a fines del siglo diecinueve, se usaba en España coronar con lauros de utilería a las viejas glorias literarias que se desvanecían ya en la ancianidad. Entre ellas se hallaba don Gaspar Núñez de Arce, a quien habían ya sentenciado para subir al cadalso de uno de esos fastos con marchas marciales y racimos de discursos, a celebrarse en Sevilla. Un amigo, tan viejo como él, que veía aquello más bien como una afrenta, preguntó a don Gaspar si todo era cierto, y si iba a dejar que lo coronaran, es decir, que lo convirtieran en vida en estatua con la cabeza ceñida de lauros, o mirtos, o acantos, pues hojas de cualesquiera de esas, debidamente trenzadas, sirven para tales propósitos. "¡Si yo no me dejo, pero de todas maneras me coronan!" habría respondido, impotente y quejumbroso, el proyecto don Gaspar.

En el 2007 presencié en Cartagena de Indias una coronación en vivo y a todo color, tres mil personas en la sala mayor del Centro de Convenciones, y millones frente a las pantallas de televisión, la coronación de Gabriel García Márquez, Gabo, o Gabito, como le dicen en las calles los vendedores de lotería, de abalorios para turistas y de dulce de coco, y los músicos de los conjuntos ambulantes que al no más vislumbrarlo arrancan a tocar La Diosa Coronada, el vallenato de Leandro Díaz que sirve de epígrafe a El amor en los tiempos de cólera.

Las fiestas terminaron un jueves, y el sábado, en la penumbra sosegada de su estudio con un ventanal velado por celosías detrás de los que bate el mar del Caribe, al lado de las murallas, le he dicho entre risas correspondidas que comparte Héctor Aguilar Camín, que en esta coronación sólo ha faltado el Papa, quien, como bien se recuerda, estuvo presente en los funerales de la Mama Grande. "El otro hubiera venido", me respondió, refiriéndose a Juan Pablo II, pues ya estábamos en tiempos del reinado de Benedicto VI. Y es que hubo reyes en la ceremonia, don Juan Carlos y doña Sofía, presidentes, ex-presidentes, decenas de académicos, ministros, embajadores.

En esta penumbra amable de su estudio, donde domina en los estantes una colección de clásicos castellanos, Héctor ha ido a sacar un ejemplar de las poesías de Lope de Vega sólo para dar fe de la fidelidad con que Gabo recita de memoria "¿qué tengo yo que mi amistad procuras...?", o darle el pie con el primer verso de cualquier otro soneto para que siga.

Sonetos y letras de boleros y ballenatos despiertos con el mismo ardor en su memoria, entrecierra los ojos para recordar mejor, recostado en el sofá forrado de tela blanca, a sus espaldas, calle de por medio, el convento de las monjas teresianas, las enterradas vivas, ahora un hotel de turistas, en uno de cuyos patios fue sepultada Sierva María, personaje de El amor y otros demonios. Escucha el rumor de la gloria como el zumbido de un coro de abejas, las abejas de Píndaro que también cercaron la cabeza de Darío, un coro que le divierte, pero no le inquieta, al punto que no lo vuelve nunca tema de conversación, y callarlo frente a él es un asunto de obligado pudor.

Su gloria mansa tiene una regla de oro y es no negarse a firmar nunca un ejemplar de un libro suyo, o de otro, pero tienen que ser un libro, nunca una libreta, un papel cualquiera, o una servilleta. A veces, en la equívoca tranquilidad de un restaurante donde todo parece discurrir en paz alrededor de la mesa, comienzan a aparecer como por conjuro los lectores, sobre todo lectoras, armadas de libros de los que han vaciado la librería más cercana, o que han ido a buscar hasta sus casas, y ahora, además, vienen con cámaras digitales, y entonces pone su firma, simplemente Gabo, con el dibujo de una flor de largo tallo al lado de la dedicatoria.

Una noche, cenando en un restaurante italiano cercano a Insurgentes, una pareja de jóvenes que parecían recién casados, aturdidos de emoción, se acercaron a pedirle que les pusiera el autógrafo en una hoja de papel y Gabo se negó, yo sólo firmo libros, cualquier libro, aunque no sea mío, dijo, fiel a su regla, y ellos, ay, maestro, tenemos todos los suyos en casa. Pues vayan a traerlos, aquí los espero. Vivimos lejos. No importa, los espero el tiempo que sea. No volverán, dije yo, vuelven, dijo Gabo, y más de una hora después, ya pasados los postres, ya los camareros bostezando con sueño, estaban de regreso cargando cada uno una pila de libros, felices, y Gabo sacó entonces su pluma, y los firmó todos, meticulosamente, sin faltar la consabida flor.

Es lo que pasó la noche del viernes en el restaurante La Vitrola de Cartagena, que surgieron decenas de libros de la nada. Pero, además, al salir, un conjunto de vallenato esperaba, al acecho, en la calle. Rompió a tocar el acordeón al aparecer por la puerta la cabeza coronada de Gabo. Todos los esplendores del vallenato La Diosa Coronada en el aire de la medianoche, mientras la calle se iba llenando de gente. Un novelista coronado, una diosa coronada.

6.

Yo también tengo mi pila de libros suyos dedicado, admirador rendido, y pongo por caso algunos ejemplos:

Noticias de un secuestro: Para Tulita y Sergio, del hermano que anda por ahí. 1996.

Los funerales de la Mamá Grande: Para Tulita y Sergio, en su casa de vientos cruzados. 1982.

El otoño del patriarca: Para el patriarca Sergio, con el cariño de su otro patriarca. 1982.

Doce cuentos peregrinos: Para Sergio, con este otro castigo divino de escribir sin saber por qué, 1992.

El amor en tiempos del cólera: A Sergio, para que no digan que compró este libro; con el abrazo de siempre. 1987.

Esta última merece una explicación, y es que una vez le conté que en los tiempos precarios en que uno quería ver editado su propio libro en Nicaragua, tenía que darlo a imprimir por propia cuenta, tiempos también en que el diario El Centroamericano de León cobraba por pulgada cuadrada la publicación de una poesía, y una vez impreso el libro, 500 ejemplares, así fue con mi primer libro de cuentos que se llamó Cuentos, una nada envidiable imaginación para los títulos, Tulita que entonces era mi novia salió a venderlo de puerta en puerta, llena de entusiasmo, y yo, aterrorizado, pasé escondido tres días en mi pieza de estudiante, pero tomé un lote de los ejemplares y me fui a Managua a colocarlo en las pocas librerías que había, y cada sábado volvía para hacer las cuentas de los que se habían vendido, y una vez, contándolos sobre el mostrador en la librería Selva, resultó que en lugar de los diez que había entregado había once, todo esto para concluir que a nadie se

46

le pasaba por la cabeza comprar el libro de un autor nacional, y peor si era tu amigo, que entonces te lo pedía gratis, ideay, no me has dado tu libro, se estimaba que regalar el libro propio a los amigos era una obligación, y encima, te decía: firmámelo, para que no digan que lo compré, y esa es la historia.

7.

No me abraces tan fuerte que esos abrazos tuyos son como de oso y un día de tantos me vas a triturar los huesos, me dijo Carlos como todas las veces que nos encontrábamos, esa última en el vestíbulo del hotel Westin Providence, en abril de este año, y yo le respondí lo que siempre le respondía, son abrazos tipo correligionarios del PRI, capaces de sacarte la flema del pecho y dañarte los pulmones, y él, ya los años encima aunque siempre firme en su pedestal, la mirada traviesa bajo las cejas, la estampa de actor de cine nunca dispuesto a retirarse, la misma picardía de cuando estaba en la lista de los latin lovers que todas las turistas y divas y actrices llevaban en su libreta cuando bajaban del avión México DF, según sus confesiones en Diana la cazadora solitaria, de Jean Seberg, la cabellera trasquilada a lo Juana de Arco, a Shirley McLaine, la musa de Billy Wilder.

Atildado siempre, la corbata bien puesta, dispuesto a la risa a la menor provocación, la edad sólo presente en el timbre ya un tanto cascado de su voz cuando se ponía de pie frente al micrófono, como esa última vez en la John Carter Brown Library de la Universidad de Brown pronunciando su conferencia Mexican Times en un inglés elegante e impecable que siempre causó mi envidia, eso fue el martes 10 de abril, si para todo hay término y hay tasa, y última vez y nunca más y olvido, ¿quién nos dirá de quién, en esta casa, sin saberlo nos hemos despedido?, pregunta Borges en Límites, y fue al día siguiente miércoles cuando sin saberlo nos hemos despedido en el almuerzo del restaurante Capital Grille, número uno de la calle Union Station que a él tanto le gustaba, bifes como los de Buenos Aires, y el ojo que va a despedirse registra lo que de otra manera olvidaría, la corbata azul oscuro con un lampón rojo como dejado allí por la brocha de un pintor sonámbulo, lo vi acercarse a través de la ventana del brazo de Silvia, en la mesa les esperábamos Arturo Echeverría y Luce López-Baralt, y Tulita y yo, ese tipo de encuentros íntimos que tantos disfrutábamos, y si la mesa era circular mejor, llloviznaba, y él, maestro de la puntualidad, se había atrasado, nunca olvidamos la vez en Washington en el otoño del 2000 cuando nos había invitado a un restaurante cercano a Dupont Circle, y caminando a paso apresurado tras salir de la boca del metro lo divisamos de pie en la puerta, consultando el reloj.

En Madrid, el mismo día de la ceremonia en que le otorgaban el premio Cervantes, en abril de 1998, y yo estaba allá para presentar Castigo Divino, apareció en el diario El País un artículo suyo a toda página elogiando mi novela, y no puedo explicar por qué me sentí abochornado, como la vez en que mi primer cuento fue publicado en un periódico de Managua, cuando tenía yo 14 años, y mi abuela en Masatepe, con el ejemplar en la mano, fue casa por casa enseñándolo y cada vez pidiendo que se lo leyeran.

Pero allí está otra vez Carlos al lado de Silvia en noviembre de 1998, cuando celebramos sus 70 años y los 40 de la aparición de La región más transparente en el Salón México que regentaba María Rojo, una réplica del viejo Salón México de la película de El Indio Fernández, y cuando la orquesta empieza a tocar el danzón Almendra lleva a Silvia a la pista pero da un paso en falso, tropieza, y en el momento en que va a caer se alza con todo garbo y de pronto está otra vez erguido, y entregado al ritmo del baile entre todas la parejas.

O temprano de ese mismo año, cuando convocó en abril al encuentro mundial de escritores, Geografía de la Novela, bajo el patrocinio del Colegio Nacional, José Saramago, J.M. Coeetze, García Márquez, Edna O´Brien, Susan Sontag, óyeme, le dice Gabo durante la recepción en el Palacio de Minería, esta mujer ha tenido problemas conmigo no sé por qué pero yo no quiero estar enemistado con nadie, y quién no ha tenido problemas con ella, le dice Carlos riendo, vamos, lo toma del brazo y lo lleva en dirección a Susan que destaca sobre las cabezas con su mechón blanco en el cabello negro, como una Tongolele sajona.

Y diez años después estaba listo Carlos para la celebración de sus 80 años y el medio siglo de La región más transparente que duraron un mes entero, invitados de todo el mundo entre ellos Nadine Gordimer, qué hombre incansable, festejando a la literatura, robándole tiempo al tiempo, siempre un libro tras otro como si callarse, o dejar de escribir, fuera la muerte verdadera, hasta Federico en su balcón, su novela póstuma, o la última inconclusa sobre la vida y la muerte del guerrillero colombiano Carlos Pizarro, que quedó en sus cajones.

Nos despedimos aquel mediodía de abril en el restaurante de Providence. Él se iba con Silvia para Río de Janeiro, y de allí a Buenos Aires, y Santiago. Quedamos de vernos en octubre, sino antes, en la reunión anual del Foro de Iberoamérica que tocaba este año en Cartagena de Indias. Ya se ve que no fue posible.

8.

Las novelas de Fuentes vienen a ser como los murales de Diego Rivera, donde la historia de México es un solo panorama múltiple y simultáneo. Un friso en movimiento al que no basta el pasado, ni siquiera el presente, y echa entonces mano del futuro, como en La silla del águila. Un presidente medroso y marginal, y el mismo aparato de poder de siempre que trabaja en base a intrigas y engaños. La visión de un México dominado por los mismos dioses antropófagos, que señorean sobre el poder, y lo inspiran, y vuelven a repetir, ya entrado el siglo veintiuno, las mismas artimañas, los mismos esquemas, la eternidad de los vicios en que el poder mismo se asienta. La serpiente emplumada sigue devorando incesantemente a los súbditos y esclavos del poder, la piedra de los sacrificios siempre embebida de sangre.

Federico en su balcón, la última de sus novelas, publicada de manera póstuma, es un retrato hablado de Fuentes, y un retrato múltiple, porque como narrador se multiplica en todos sus personajes, infundiéndoles aliento y pensamiento, y creando entre todos ellos una contradicción espiritual y filosófica, una dialéctica múltiple que abre interrogantes múltiples, sin intentar respuestas aguafiestas. Es lo que siempre hizo a lo largo de su vida y de sus libros, interrogar, cuestionar, abrir la ventana, asomarse, agarrar las verdades establecidas por el rabo y hacerlas chillar.

Los dos narradores de esta novela, o los dos que nos la proponen, se asoman cada a uno a su balcón, balcones vecinos del hotel Metropole, que dan a una calle de una ciudad ignota pero conocida, o reconocible, una o muchas ciudades; dialogan al aire libre, y mientras filosofan, porque las preguntas que se hacen tienen ver con la vida y con la muerte, con el destino, y, otra vez, con el poder, arman al mismo tiempo un escenario en el que van dando entrada a los personajes de la novela, todos ellos estrafalarios pero paradigmáticos.

Federico interroga a su vecino de balcón, y su vecino lo interroga a su vez, dos desconocidos que se hablan y hablan hacia la galería y hacia la calle. Federico Nietzsche, que regresa a una edad moderna incierta, con sus dudas, sus viejas interrogantes y sus viejas culpas, interroga a Federico Nietzsche en el otro balcón. Carlos Fuentes, desde el suyo, interroga a Carlos Fuentes que se asoma al otro. Entre ambos hay colocados espejos que los reflejan a ellos y reflejan a las edades. Carlos Nietzsche y Federico Fuentes. Entre los dos crean ese teatro en el que caerán cabezas porque se trata de contar otra vez la vieja historia de la ambición humana, de la intriga por el poder, del delirio que lleva al crimen, de la bastardía de la traición, todo porque el poder significa hilos manejados detrás de las bambalinas, dominio sobre el otro.

Llega la revolución que estalla bajo los balcones gemelos, los telones se agitan, todo se repite, y el teatro es de nuevo como el de la revolución francesa. Hay tantos ecos de ella en estas páginas, que Dante, uno de los personajes malditos, puede ser de pronto Dantón, llevado al cadalso en una carreta. O la revolución rusa, o la mexicana. Caudillos idealistas, caudillos pragmáticos, caudillos conciliadores, caudillos intelectuales, que van cayendo uno tras otro ante el altar sangriento de la Verdad, o el de la Razón, como el que había erigido Robespierre. Todos están condenados de antemano. Y arribistas, calculadores, oportunistas, manipuladores. Traidores. Unos que manejan los hilos en la sombra, guardando las armas, que son las últimas en hablar, otros que se agazapan en espera de que las aguas vuelvan a su cauce.

Toda revolución engendra una contrarrevolución, o al menos una restauración. El poder mismo con su guadaña disolverá la fraternidad idealista que ha pensado la revolución y la ha hecho posible, porque sólo hay un instante para el ideal, el que media entre el triunfo de la idea y el primer decreto que congela esa idea. Lo demás comienza a ser tragedia, como Federico lo sabe desde siempre y Carlos lo sabe desde antes, ambos, desde sus balcones vecinos, apuntadores de los personajes que tiene cada uno marcado su destino por la deidad ciega que es el poder. La rueda de la fortuna gira, y regresará al mismo punto.

La gloria ha llegado, la gloria se ha ido. Volverán los de antes, a levantarle monumentos a los de después, cambiando apenas la retórica heroica, envolviendo a los sacrificados en un sudario de palabras. Y cuando Federico y su vecino cierren las puertas de sus balcones, es porque todo volverá a empezar.

III. Los nombres de Juan Cruz

1.

Juan Bravo 38. Que alguien tenga el mismo nombre de la calle donde trabaja, ya nos dice algo acerca de su destino, un Juan atado a tantos Juanes como habrá y como ha habido. Juan Bravo, el rebelde comunero castellano, fue decapitado en 1521; pero dejemos la cabeza de Juan Cruz en su lugar correcto. Juan no sólo es ubicuo, también tiene muchos homónimos que se repiten a lo largo de la historia; algunos juanes matrices, como Juan de Juanes, del que se hablará a continuación, y legiones de Juan Cruz, lo que no hace sino confirmar su ubicuidad, sea en la realidad o en la ficción, como el Juan Cruz Keh que aparece en Mondo y otras historias de Le Clézio, premio Nobel de Literatura 2008 a quien Juan entrevistó en la Feria del Libro de Guadalajara en 2010. Keh significa en lengua maya venado, que en lengua náhuatl es mazatl. Masatepe, donde yo nací, es Mazatepetl, cerro o lugar poblado de venados, o sea, algo así como Kehlandia.

2.

Juan de Juanes es el nombre que prefiero de todos, porque reparte a los juanes urbis et orbis. Nacido alrededor de 1523 en Fuente de la Higuera, y muerto en 1579 en Bocairente, Juan de Juanes pintó La santa cena que puede verse en el Museo del Prado. Se llamaba realmente Vicente Juan Maçip, y por qué se cambió el nombre, o por qué dejaron de llamarlo como en verdad se llamaba, lo ignoro. Era valenciano, y Juan Cruz es canario, del puerto de la Cruz, en Tenerife, una de las islas Afortunadas, Fortunatae Insulae que dice Plinio el Viejo, o islas de la Bendición.

Juan de Juanes se quedó Juan de Juanes, y eso es lo que interesa para estos fines, porque no haríamos nada con un Juan Maçip que no tendría pinta de ecuménico, el Juan que todo lo abarca. En esa Santa Cena pintada entre 1560 y 1570, (óleo sobre tabla) los discípulos aparecen serenos alrededor del Maestro que preside el convite, todos, excepto Judas, el pobre traidor que ya tiene su papel en el reparto estelar. Atemorizado, inquieto, tenso, se agarra al escabel donde está sentado, como si temiera que el suelo vaya a abrirse bajo sus pies y se lo trague un abismo insondable. Quisiera huir, pero qué va a poder, todo está escrito, una va a morir crucificado, el otro va a morir ahorcado, otro de ellos negará que tenga que ver con el crucificado, en mi vida lo he visto, y esto también está escrito, me negarás tres veces; y los demás van a huir como verdaderos cobardes, a qué horas nos metimos en esto, bien estábamos en la pesca, no se gana mucho pero poco se arriesga.

No sé realmente por qué en lugar de seguir con los juanes me he metido con Judas y demás personajes de la pasión, saltando hacia atrás o hacia los lados, a la manera en que constantemente lo hace el valiente soldado Schewjk, el personaje catastrófico de la novela de Jaroslav Hašek, un venero de historias que surgen de su boca, a sus órdenes, mi teniente, como los refranes surgen de la boca de Sancho para disgusto de don Quijote que le reprocha el desorden y el sinsentido con que los dice, igual que sus camaradas le reprochan a Schewjk sus incontables anécdotas, porque tanto don Quijote, como los oyentes de Schwejk, esperan que toda historia tenga una moraleja, y por tanto no debe ser contada sin ton ni son. La de Judas la tiene, pero no es éste el caso, y, de todas maneras, todo lo que pudiera seguir diciendo sobre Judas lo he puesto por aparte y ha ido a dar a un cuento que se llamará Flores Oscuras, a sus órdenes mi teniente.

3.

En seguida tenemos a San Juan de la Cruz, nacido en Fontiveros en 1542 y muerto en Úbeda en 1591, a los 49 años de edad. Sin su muy merecido aunque tan tardío título de santo, pues no fue canonizado sino bastante más de un siglo después de su muerte, tendríamos simplemente a un Juan de la Cruz, que sería otro Juan Cruz, aunque estemos otra vez ante un feliz cambio de nombre, pues aquel se llamaba Juan de Yépez Álvarez, que no nos diría nada, y a quien bien podríamos hallar enlistado en una guía telefónica, Yépez Álvarez, Juan. El nombre de Juan de San Matías, que le dieron cuando se hizo fraile carmelita, tampoco nos conviene, porque nos aleja del camino de las identidades patronímicas que vamos buscando para el Juan Cruz del que me ocupo; identidades y ubicuidades no son más que dos cabos de la misma cuerda. Anotemos que Santa Teresa de Jesús llamaba a aquel Juan "mi medio fraile", por muestra de cariño y porque era exiguo de estatura, y en esto agarramos uno de los cabos de la cuerda porque Juan Cruz, el canario, es también un medio fraile como lo fue Tito Monterroso, que se proclamaba a sí mismo embajador de los Países Bajos.

El medio fraile Juan Yépez fue hijo de un fabricante de paños, de aquellos que guardaban bien escondida su fe mosaica, aunque por prudente conveniencia aparentaran hartarse de carne de cerdo a la parrilla, desayuno, almuerzo y cena, no fueran ellos mismos a ser dorados de la misma manera. Y tampoco era cristiana vieja esa monja, igualmente díscola e incómoda, y quien se llamaba en verdad Teresa de Cepeda y Ahumada, con lo que tenemos a la vista a dos judíos místicos, razón suficiente para que el Santo Tribunal los tuviera en capilla, mira que te lo tengo dicho, y fueran blanco de inquinas y animosidades, poetas además, para peor, con lo que la envidia de obispos, prioras y abades crecía y se esponjaba porque, ya se sabe, en el hombre existe mala levadura, cuando nace viene con pecado, según el mínimo y dulce Francisco de Asís le dice, agobiado de pesadumbre, al temible lobo de Gubia.

Santo tardío, a este Juan de la noche oscura del alma, quien en el hospital de Nuestra Señora de Concepción de Medina del Campo se ocupaba de curar con sus manos desnudas los chancros de la gonorrea de los pecadores licenciosos, pues entonces ni se soñaba con los guantes de látex, no le fue tan bien que digamos; pobre de solemnidad, obligado en su infancia a pedir limosna por las calles y a acompañar los entierros a cambio de que le permitieran asistir al Colegio de los Niños de la Doctrina, luego de carmelita calzado pasó a carmelita descalzo, que no era asunto nada más de quitarse las sandalias por el gusto de sentir la suave hierba húmeda bajo los pies, y por eso de andar poniendo las plantas desnudas sobre los guijarros del camino se atrajo los odios de los carmelitas calzados, quienes, sin ninguna tardanza lo metieron en el calabozo, y peor le pudo haber ido, pues ya se sabe que a los juanes redentores el verdugo se halla presto a volarle de un tajo la cabeza, como le pasó a Juan Bravo el comunero, o como le pasó a otro Juan tampoco muy afortunado, Juan el Bautista, en este caso para disfrute y solaz de la niña malcriada y malvada hijastrita de papá, basta ver una de las ilustraciones de Beardsley para la edición de la pieza de teatro Salomé de Oscar Wilde, donde ella, la infame, grrrr, agarra de las greñas la cabeza del justo aún chorreando sangre, con lo que la cosa deja de ser un asunto de apellido, pues ya decapitado no hay diferencia en te llames Juan Bravo, Juan Yépez o Juan Bautista.

Te bruñen la vida a más no poder, te cargan de ofensas y pesares, y después que das el alma quieren descuartizarte de puro amor. Apenas se supo la noticia de la muerte de Juan de la Cruz, todos pretendían quedarse con algún pedazo de su cuerpo a guisa de reliquia, fuera un riñón, el bazo, el hígado o el corazón, un dedo, una mano, un pie; de Úbeda salió su cadáver ya sin un pie y varios dedos, y en Segovia, adonde fue llevado para ser exhibido, siguió la carnicería, pues por órdenes llegadas de Roma continuaron desmembrándolo y destripándolo;

un brazo, no se sabe si el izquierdo o el derecho, fue cedido graciosamente a Medina del Campo, y lo poco que quedaba del reprendido y tan odiado y envidiado Doctor Mysticus fue devuelto a Úbeda, suerte de ubicuidad repartida que estoy lejos de desearle al Juan Cruz risueño, sentimental, conversador vicioso y narrador sin treguas que conocemos, y, además, aunque se lo disputaran, las autoridades edilicias de su lugar natal en Tenerife, una de las islas Afortunadas, pondrían un alto allí, de aquí no sale ni la falange del dedo meñique del pie, y como ese lugar ya se llama de todos modos Puerto de la Cruz, ni siquiera tendrán que cambiarle el nombre en su memoria, ¿pero qué tal algún día Puerto Juan Cruz, o puerto Juan de la Cruz? Así nos llevamos de una vez al santo y la limosna.

4.

Y ahora, pongamos en el saco de todas estas coincidencias, similitudes e identidades nominales, a Sor Juana Inés de la Cruz, la Décima Musa, la Juana de Juanas, que nació como hija bastarda en San Miguel de Neplanta en 1651 y murió en la ciudad de México en 1695 a los 44 años, edad temprana para dejar este mundo, pero se la llevó el tifus exantemático epidémico, una peste transmitida por las heces de las pulgas, los piojos y las garrapatas que se habían instalado a sus anchas en los aposentos del convento de San Jerónimo donde se hallaba enclaustrada, aunque antes se la habían llevado ya la envidia, la ortodoxia, el fanatismo, la misoginia, y el paternalismo cerrado y cerril.

Una Juana Inés Cruz, o Juana Cruz, que se llamaba en verdad Juana Inés de Asbaje y Ramírez de Santillana (me encantaría reclamar algún parentesco por el lado de Ramírez, una hojita en alguna rama de su árbol genealógico), que eso de meterse a los conventos trae siempre la imprescindible necesidad de dejar atrás el nombre verdadero junto con las vestiduras mundanas. Esta Juana que leía todo lo que caía en su mano, así fueran los papeles rotos de la calle, quería saber tanto que pidió a su madre que la disfrazara de hombre para poder entrar en la universidad, ya podían empezar sus detractores por anotar en su expediente policial el cargo de marimacha.

Aquella muchacha que pidió pantalones a su madre para poder entrar en los libros, y luego escribirlos, fue una Juan Cruz con faldas, y luego con hábitos, y tuvo protectores altos entre virreyes, obispos y marqueses, y enemigos bajos, uno de ellos su propio confesor que la obligó por fin a quedar en el limbo, la nada de la nada, sin su biblioteca, sin sus instrumentos de música, sin sus papeles, todo vendido en almoneda para auxiliar a los menesterosos, de qué santo necesitaban libros, vihuelas y recado de escribir las mujeres, y menos las monjas en su encierro, hasta que despojada aún de su orgullo confesó que ella era lo peor de lo peor. "Yo, la peor del mundo". La autocrítica estalinista ya se había inventado desde entonces. Pero que la obligaran a confesarse la peor, no fue lo peor. Lo peor fue que le impidieran escribir, igual que mutilarle las manos, cortarle la lengua, repartirse esos pedazos de su cuerpo, Juan de la Cruz o Juana de la Cruz, se repitió la carnicería.

Pero hay que ver en qué terminan las prohibiciones y las censuras. Sobran quienes dicen, con propiedad de sabios críticos literarios, que Sor Juana es una escritora hermética del barroco americano, pero no es eso lo que piensan los asiduos de billares y barberías y los borrachos en las cantinas que se saben de memoria unos versos suyos que entre trago y trago, y a veces con asomo de lágrimas, recitan con un algo de arrepentimiento reflexivo:

Hombres necios que acusáis

a la mujer sin razón,

sin ver que sois la ocasión

de lo mismo que culpáis…

igual que recitan El brindis del bohemio, que atribuyen a Rubén Darío, y versos satíricos, o de vulgaridad pornográfica, que atribuyen a Quevedo, de quien una vez se burlaron unas damas de la corte mientras paseaban por el monte llamándolo patas de mulo, y esas mismas, en siguiente ocasión, le pidieron unos versos tristes y él los compuso al vuelo, recitándolos:

Aquel que en el monte visteis

y le dijisteis patas de mulo,

dadle besos en el culo,

y esos son los versos tristes.

5.

Hay uno en este catálogo que lleva los dos apellidos de mi Juan Cruz, cuyo nombre completo es Juan Cruz Ruiz. Se trata de Juan Cruz Ruiz y Cabañas, navarro nacido en la villa de Espronceda en 1752, y fallecido en San Pedro Apulco, Jalisco en 1824, a los 72 años.

La fama que dejó viene de que siendo Obispo de Guadalajara, en lo que entonces se llamaba la Nueva Galicia, hizo construir una "Casa de la Misericordia" para alojar en ella a huérfanos y desvalidos, edificio de hermosa fábrica y bien dimensionado, conocido como el Hospicio Cabañas, y en cuya antigua capilla José Clemente Orozco pintaría entre 1937 y 1939, 53 murales, utilizando las paredes, la bóveda, y el interior de la cúpula, en esta última su extraordinario Hombre en llamas.

¿Un Juan Cruz Ruiz obispo, y además misericordioso? Informo a mi Juan Cruz, por si no lo sabe, que este santo varón homónimo suyo pudo haber sentado sus reales en Nicaragua, pues el rey Carlos IV propuso al Papa Pío VI que lo nombrara obispo de la diócesis de León, y así lo hizo la Santa Sede en 1794, pero al año siguiente, ya a punto de embarcarse, fue decidido sorpresivamente, porque la burocracia está siempre llena de sorpresas, que mejor fuera a ocupar la sede episcopal de Guadalajara adonde entró en diciembre de 1796.

En el banquete de bienvenida hizo sentar a su alrededor a los mendigos que mandó a recoger de plazas y portales, como en el evangelio de Lucas, los pobres, los tullidos, los ciegos y los cojos, y todos los demás hallados en los caminos y cercados; y como en la parodia de La última cena de Leonardo en Viridiana de Luis Buñuel, rodada en España en 1961; sólo que aquí, Amalio, el mendigo ciego que ocupa en la mesa el lugar de Cristo, es a la vez Judas, pues ha delatado ante la policía a uno de sus colegas mendicantes, bromas pesadas que don Luis le hizo al catoliquísimo y generalísimo don Francisco Franco y Bahamonde en sus propias narices, y quien, ante las amables instancias del Vaticano, prohibió la exhibición de la película, a sus órdenes mi teniente.

La Casa de la Misericordia ya estaba terminada en 1810 cuando estalló la guerra de independencia contra España, y al obispo Juan Cruz Ruiz se le agrió entonces el carácter misericordioso, porque se opuso a los insurgentes con todas sus fuerzas, y lanzó no pocos edictos en los que amenazaba con las llamas del infierno a los cabecillas Miguel Hidalgo y Costilla, cura renegado, para mejores señas, e Ignacio de Allende, a quienes excomulgó según sus potestades.

Se formó entonces, con la bendición del obispo, un regimiento católico contrario, bautizado como "La Cruzada", para combatir a los herejes y masones, que, como Hidalgo, estaban desde hacía años en las listas de sospechosos de ateos y materialistas levantadas por la Santa Inquisición, y allá fueron a dar, bajo las banderas de la Monarquía y de la Santa Madre Iglesia, curas, tanto del clero regular como del secular, sacristanes, monaguillos y devotos seglares, algo así como una tropa de Cristeros, sólo que un siglo adelantada. Hay un sacerdote de la diócesis del obispo Juan Cruz Ruiz, sin embargo, que desoyó los mandamientos de cerrar filas con los realistas, y éste fue el presbítero Don José María Mercado, cura de Ahualulco (con quien también reclamo alguna hoja de su árbol genealógico, pues el suyo encaja con mi apellido materno), muerto luego a traición.

Más altas subieron las voces de condena de aquel Juan Cruz Ruiz fiel a su rey, cuando el cura Hidalgo entró triunfante en Guadalajara y ocupó la Casa de la Misericordia para aposentar a las tropas, guardar armas y pertrechos de guerra, y la usó aún como caballeriza, con lo que el olor a sudor, orines y estiércol se quedó en los recintos por mucho tiempo, aún después que la guerra había terminado mal para los dos caudillos insurrectos, pues tanto Hidalgo como Allende fueron fusilados en Chihuahua en 1811. El pelotón de doce hombres estaba al mando del teniente Pedro Armendáriz, y aquello era en serio, un Pedro Armendáriz con un sable de verdad en la mano, listo a dar la orden ejecución, no un sable de utilería como el que portaría su homónimo, macho entre los machos, en Enamorada, la aclamada película del Indio Fernández, donde comparte honores estelares con María Félix, y también rudo galán en El bruto al lado de Katy Jurado, una de las películas mexicanas de Buñuel, a sus órdenes mi teniente.

Juntos en la muerte Hidalgo y Allende aunque enemistados en vida, qué se le va a hacer, Allende quiso una vez envenenar a Hidalgo por celos de mando, así es la gloria, llena de rencores, y termina siendo una zopilotera y un gran hedor, como escribe en uno de sus poemas mi paisano Ernesto Cardenal; y luego de ser decapitados sus cadáveres las cabezas fueron puestas en unas jaulas de hierro, que tras ser trasladadas a Guanajuato a lomo de mula permanecieron colgadas durante diez años en esquinas distintas de la Alhóndiga de aquella ciudad para buen escarmiento de cualquier futuro levantisco desleal a la corona. Once años después, este mentado Juan Cruz Ruiz, en su calidad de obispo, ofició la misa de coronación del emperador Agustín de Iturbide, solaz tan fugaz el suyo que creía con fe ciega y militante en reyes y emperadores, pues Iturbide fue destronado y más tarde fusilado también, el mismo año de 1824 en que moriría él en San Pedro Apulco, sólo que víctima de una apoplejía durante una visita pastoral a las parroquias de su diócesis, una muerte cualquiera. Que hay juanes de juanes, Juan, joder.

6.

Ahora agrego a la lista a un Juan Cruz personaje de ficción, encontrado en las páginas de Hijo de Hombre, la novela de Augusto Roa Bastos donde la acción discurre en tiempos de la guerra del Chaco que enfrentó a Paraguay y Bolivia entre 1932 y 1935. Se trata de Juan Cruz Chaparro, comisario de peones de un inmenso yerbal del Alto Paraná, una de esas plantaciones donde se cultivaba y se procesaba el mate con mano de obra esclava; un Juan Cruz que es el malo de la película, un malo de verdad, sin medias tintas ni pizca de misericordia, nada de andar recogiendo mendigos para sentarlos a la mesa y regalarlos, esbirro principal de Aguileo Coronel, otro malvado de cuerpo entero que mandaba con mando absoluto en la plantación.

Chaparro, según el Diccionario de nuestra Real Academia, viene del vasco txaparro, mata de encina o roble de poca altura. Es un apellido, aunque en México y Centroamérica llamamos chaparro al que es corto de estatura, tal como Teresa de Ávila llamaba "mi medio fraile" a Juan de la Cruz, que si su contemporánea y cómplice hubiese sido Sor Juana en lugar de Santa Teresa, y los dos mexicanos, lo habría llamado con todo cariño "mi chaparro", o "mi chaparrito del alma". Un chaparro, si se tira un pedo levanta polvo, y entre las piernas de una mujer parece más bien que está siendo parido. Término susceptible, de todos modos, de sacarle la chispa amorosa, tal con se aprecia en la melancólica canción de Tata Nacho Adiós mi chaparrita, que interpretaba mejor que nadie Guty Cárdenas, donde no sabemos si a la amada se la llama chaparrita por puro desconsuelo cariñoso, o si es de verdad chiquita; sólo sabemos que se queda sola:

Adiós mi chaparrita
no llores por tu Pancho
que si se va del rancho
muy pronto volverá...

Pero aquí hay que guardar las distancias y cuidarse de las comparaciones, pues en el caso de este Juan Cruz Chaparro, como ya se advirtió, estamos hablando de un Chaparro de pésima calaña. En aquel infierno mataba sin piedad a los peones que pretendían huir teniendo deudas pendientes, pues les fiaban el aguardiente y los víveres en el comisariato a cuenta de la paga; les robaban con todo descaro a la hora de pesar las cargas de hierba en la romana, y si se le ocurría a los mandones les quitaban por la fuerza o por maña a sus mujeres, que es lo que sucede cuando llegan allí, aventados por la suerte, Casiano y Nati, los buenos de la película; él queda empleado en los hornos donde se quema la hierba, y ella en la proveeduría, y aunque se halla embarazada, Juan Cruz Chaparro quiere alzarse con ella, como es su costumbre inveterada, y para eso urde con toda vileza el plan de enviar a Casiano lejos, a acarrear leña para los hornos, el más duro de los trabajos, con lo que Nati se queda sola las más de las noches, que es lo que Juan Cruz Chaparro quiere, soledad para seducirla a gusto y paciencia, paciencia que llega a perder por rijoso, y un día de tantos mejor le propone a Casiano que se la venda por 300 patacones como quien negocia una res para el destace, con lo que espantado decide escapar con ella, pero fallan en el intento porque los capturan los cancerberos del plantío, y mientras tanto nace el niño que esperaban, al que nombran Cristóbal, gracias a la intercesión del cura se salva Casiano de la pena de muerte impuesta a los prófugos, y huyen otra vez bajo la lluvia llevando al niño, con lo que esta parte de la novela alcanza un final feliz y el Juan Cruz Chaparro sanguinario se queda burlado en su lujuria y en sus ganas de venganza.

No, a este Juan Cruz Chaparro borrémoslo de la lista por muy Juan Cruz que se llame.

IV. Uno al que el ego le valía un blego

1.

Julio Cortázar conocía bien el ego, lo sabía un animal dañino, lo desdeñaba por eso, y le valía un blego. Se quedaba impertérrito frente a los asedios de la fama, y veía las ceremonias de homenaje, los premios, las condecoraciones, como algo que venía de un mundo distante y ajeno, y acorazado tras su distante serenidad ceremoniosa, hacía trizas en su máquina de humo irreverente toda la parafernalia de la vanidad. Y si nos ponemos a hacer cuentas, es el escritor latinoamericano famoso menos premiado y menos homenajeado de que se tenga memoria.

Ahora que leo última de sus cartas a su amigo Eduardo Jonquières, fechada en Managua el 24 de febrero de 1983, e incluida en el volumen Cartas a los Jonquières, me doy cuenta a cabalidad cómo es que miraba ese mundo de los homenajes y los reconocimientos: "Entre otras cosas estos locos tan queridos decidieron galardonarme con la Orden de Rubén Darío, lo que me emocionó mucho porque es la primera vez que la conceden a un extranjero. Tuve que preparar un discurso y ser protagonista de una de esas ceremonias que uno ha visto tantas veces en el cine o la televisión; pero en este caso había tanto cariño de parte de los dirigentes y del público que el lado protocolar no me molestó para nada. Me regalaron una cassette con la filmación del acto y los discursos (Sergio Ramírez leyó uno que busca reivindicar la personalidad entera de Rubén Darío y no solamente los cisnes y el modernismo); si querés trataremos de pasarla en París en casa de alguien que tenga el aparato para video, y tendrás una visión de una de las facetas de este país tan amenazado, tan pobre y tan querible…"

2.

Uno de esos egos devueltos, en lugar de revueltos. Cuando el retorno de la democracia a Argentina, Julio esperó inútilmente en Buenos Aires ser recibido por el ya electo presidente Raúl Alfonsín, instalado en el último piso del hotel Panamericano enfrente del Obelisco, el general Bignone todavía en la Casa Rosada, era diciembre de 1983, no volvía a Argentina desde hacía diez años y ahora lo paraban en la calle para pedirle autógrafos, lo saludaban por su nombre desde la puerta de las confiterías, y esperó en vano, habrá habido opiniones de asesores que pensaron que para qué revolver el agua, Alfonsín alegó después que se trató de un error involuntario, una confusión de su secretaria devota ella misma de sus libros, pero Julio seguía siendo una bestia negra para los militares que retrocedían mal de su gusto de vuelta hacia los cuarteles, ya estaba enfermo de muerte, lo sabía, volvía para despedirse, y a los amigos que hicieron aquellas gestiones fracasadas, él les insistía que no había por qué molestarse, el hombre estaría ocupado, con tanta cosa encima, no valía la pena, nadie lo oyó decir nunca y estos que se han creído, yo soy Julio Cortázar, se fue de vuelta a París sin resentimiento, murió al muy poco tiempo, el 12 de febrero de 1984.

3.

En su cuento Apocalipsis en Solentiname Julio relata el viaje que hicimos a Solentiname en abril de 1976: "Sergio y Oscar y Ernesto y yo colmábamos la demasiado colmable capacidad de una avioneta Piper Aztec, cuyo nombre será siempre un enigma para mí pero que volaba entre hipos y borborigmos ominosos mientras el rubio piloto sintonizaba unos calipsos contrarrestantes y parecía por completo indiferente a mi noción de que el azteca nos llevaba derecho a la pirámide del sacrificio. No fue así, como puede verse, bajamos en Los Chiles y de ahí un jeep igualmente tambaleante nos puso en la finca del poeta José Coronel Urtecho, a quién más gente haría bien en leer..."

Eso fue un sábado. Julio había llegado a Costa Rica invitado por la ministra de Cultura, la escritora Carmen Naranjo, para unas conferencias en el Teatro Nacional, y fue cuando nos conocimos. Nuestro destino era el archipiélago de Solentiname en el Gran Lago de Nicaragua, donde Ernesto Cardenal tenía su comunidad campesina, no muy lejos de la frontera. Nuestro otro acompañante era el costarricense Oscar Castillo, actor y director de cine.

Desde la finca Las Brisas, donde vivía Coronel Urtecho, se podía llegar al Gran Lago por el río Frío, o salir por el río San Juan después de navegar su afluente el río Medio Queso, que se divisaba desde la casa, y al que se accedía por un caño artificial para botes y pangas de poco calado. Ahora no recuerdo cuál de las dos vías usamos, pero en ambos casos era necesario acercarse hasta el puerto de San Carlos, donde las aguas del lago entre en el San Juan, y hacer un giro con la embarcación, el santo y seña acordado entre la familia Coronel y los guardias del puesto de nicaragüense, y así seguir hacia el interior sin necesidad de bajar en el muelle para los trámites de migración y aduana. Por eso es que podemos decirle a la posteridad que Julio Cortázar entró a Nicaragua sin que la dictadura de Somoza se enterara. Clandestino.

Con alguna frecuencia yo iba de visita los fines de semana a Las Brisas, en vuelos más azarosos que el que describe Julio, pues tomaba, a veces en compañía del poeta Carlos Martínez Rivas, un viejo bimotor DC-3 de tiempos de la segunda guerra mundial, de esos que mientras están en tierra parecen insectos gordos sentados en sus patas traseras, los asientos remozados forrados de vinil como las sillas de barbería, un ruidaje de las latas del fuselaje al despegar, y cuando iba a aterrizar en la pista de barro rojizo de Los Chiles, que era como una herida abierta en medio de la vegetación, charcos de lluvia en el medio que se evaporaban al sol, el piloto debía pasar rasante y volverse a elevar en señal de que las vacas vagabundas que triscaban las islas de zacate debían ser ahuyentadas por el único empleado que se guarecía del sol en una caseta de tablas, qué torre de control ni qué ocho cuartos, regresaba a San José los lunes por la mañana, y a veces el piloto informaba a los estimados y amables pasajeros que la batería del avión estaba muerta, con lo que era necesario ir a pedir prestada la que alimentaba el transmisor de la Compañía Radiográfica Costarricense, la cargábamos en el jeep descapotado de la finca, el mismo en el que Luis, uno de los hijos del poeta, nos recogió esa vez que llegamos con Julio, y cuando las hélices, debidamente estimuladas por la transfusión de energía comenzaban a girar, subíamos en fila india al insecto.

En ese mismo avión antediluviano viajaba una vez a San José un técnico del Instituto Clorito Picado con dos jaulas portátiles donde dormían unas serpientes barba amarilla, la más mortífera de aquellos llanos, destinadas a ser ordeñadas de sus glándulas en el laboratorio del instituto para sacarles el veneno y obtener suero antiofídico, y en pleno vuelo una de ellas despertó y logró salir de la jaula para aparecer en el respaldo del asiento de una marchanta que iba a traer mercancía para su pulpería, y ella que dormitaba entreabrió los ojos y vio de pronto aquella cabecita curiosa mirándola, se levantó dando un grito, corrió hacia la cabina del piloto, los demás pasajeros corrieron con ella también gritando en desconcierto, la culebra los siguió, asustada, el avión inclinándose hacia la proa, retrocedían desbarajustados y se apiñaban a estribor, y entonces el avión escoraba hacia ese lado, y en tanto el técnico tratando de cazar a la culebra con una vara telescópica de aluminio provista de un gancho hasta que logró paralizarla por la cabeza, esto lo contaba Luis Coronel que nos recogió esa vez de la visita de Julio en el aeropuerto y luego condujo la panga que nos llevó esa misma tarde a Solentiname.

Ernesto era otro asiduo visitante de Las Brisas. Y ahora puedo verlo de pie en la proa de su bote San Juan de la Cruz empujando con la pértiga para avanzar por el estrecho caño que llevaba hasta el embarcadero, hasta que atardecía sobre los llanos anegados y la cinta plateada del río Medio Queso iba volviéndose gris para desaparecer por fin de la vista, nos quedábamos conversando en el corredor sobre literatura, y sobre la revolución entonces por venir, y sobre el futuro, tratando de quitarle entre todos la palabra a Coronel que nunca cesaba de hablar y sigue hablando en mi memoria sentado en la mecedora, afilando su nariz con la mano, el bastón entre las piernas, el poeta Pablo Antonio Cuadra reflexivo, que de pronto se reía, calzado con un casco de explorador, el cuentista Fernando Silva desbordante de ocurrencias, un pañuelo rojo anudado a la cabeza como el cura Morelos, contaba algo e imitaba las voces de los personajes, sus gestos, sus maneras de andar, y Ernesto fumando mientras afuera se llenaba la noche con el coro sostenido de las chicharras, iban posándose las garzas en las copas de los ralos árboles del llano, y era hora de entrar para librarse de los zancudos y las nubes de jejenes.

Doña María Kautz, la esposa del poeta Coronel, gobernaba la casa igual que gobernaba la finca, él se dejaba gobernar a gusto por ella, conforme de no tener que ocuparse de nada que no fuera leer, escribir y conversar, y nosotros también le debíamos obediencia. A la hora en que debía apagarse el motor que daba electricidad a la casa hacienda, las diez en punto de la noche, ya todos los huéspedes acostados en sus catres y tijeras de lona en el dormitorio comunal, yo era el encargado de tirar de una larga cuerda que ella había dejado en mi mano, para apagar el motor que vibraba en uno de los patios y entonces las chicharras y las ranas, insolentadas, se adueñaban de la oscuridad y del silencio.

4.

Llegamos a Solentiname al atardecer, y al día siguiente asistimos a la misa de las once de la mañana que Ernesto celebraba cada domingo en la iglesia campesina levantada por la propia comunidad. Después de la lectura del Evangelio se iniciaba un diálogo con los feligreses para comentarlo; esas conversaciones se grababan, y luego se editaron en un libro, El Evangelio de Solentiname. Este domingo tocaba el prendimiento de Jesús en el huerto, según San Mateo. Quienes tomaron la palabra eran en su mayoría muchachos que en octubre del año siguiente participarían en el asalto al cuartel del puerto de San Carlos, y uno de ellos Delvis, fue capturado y torturado, Ernesto tiene en una pared de su casa en Managua la reproducción de una foto donde aparece de rodillas en el suelo, amarrado y ensangrentado, una foto hallada en los archivos de la Oficina de Seguridad de Somoza, y los que sobrevivieron siguieron en la lucha hasta el día del triunfo de la revolución. Después del ataque a San Carlos, ya Ernesto en el exilio en Costa Rica, la Guardia Nacional de Somoza tomó por asalto la comunidad, incendió la casa comunal y la biblioteca, y también fue destruida la iglesia.

Ernesto lee el pasaje acerca de las treinta monedas que recibe Judas por entregar a Jesús.

Julio: el evangelista estaría usando una metáfora; como nosotros también la usamos cuando alguien se vende al enemigo, y decimos que se vendió por treinta monedas".

Doña Olivia, (una campesina, sus hijos serían guerrilleros): el dinero es la sangre de los pobres.

Ernesto: Somoza es dueño de una compañía llamada Plasmaféresis S.A. que compra la sangre a los menesterosos para vender luego el plasma en el extranjero, y a la compañía le quedan varios millones de ganancia cada año.

Julio: de ganancia líquida, es un negocio vampiresco.

Ernesto lee el pasaje en que Pedro desenvaina su espada y corta la oreja a uno de los sicarios, y Jesús le dice que quienes pelean con la espada, morirán por la espada.

Sergio: Jesús ha elegido un método de lucha que es su propia muerte. No quiere que otros se interpongan impidiéndole convertir su muerte en un símbolo.

Oscar: no tenía objeto pelear porque estaban de todos modos perdidos.

Julio: Sí, yo estoy de acuerdo con lo que dice Oscar, que fue una decisión táctica que había que tomar en ese momento para que sobrevivieran los discípulos, si no los hubieran matado a todos. Si los discípulos no han huido, hoy día no existiría esto, (y al decir "esto" recorre con la mirada la humilde iglesia rural de blancas paredes desnudas, piso de tierra y techo de tejas de barro).

Ernesto: "¿no sabes que podría pedirle a mi Padre, y él me enviaría ahora mismo más de doce legiones de ángeles? Pero en ese caso, ¿cómo se cumplirían las escrituras, que dicen que tiene que suceder así?"

Julio: "Es un pasaje muy, muy oscuro, que habría que analizar en relación con el resto del evangelio. Pero es evidente que toda la vida de Jesús va cumpliendo una tras otra las profecías que se han hecho de él; digamos que él es fiel a las profecías, a un plan preconcebido; entonces no puede dejar de cumplir la última, que es su muerte. Sería un contrasentido de su parte pedir que vengan doce divisiones de ángeles, no lo puede hacer, no quiere hacerlo.

Sergio: Jesús está advirtiendo que no se puede confiar todo a los ángeles, que los ángeles no tienen nada que ver con las luchas terrenas, como la del pueblo de Nicaragua contra Somoza.

Julio: una interpretación sumamente tendenciosa, me parece.

Sergio: ni él mismo creía que pudieran venir doce divisiones de ángeles a ayudarlo.

Julio: quién sabe, en aquella época los ángeles eran muy eficaces, porque intervienen frecuentemente en la Biblia.

Sergio: en el antiguo testamento, no en el nuevo.

Julio: del nuevo no estoy tan seguro, pero en el antiguo su eficacia está comprobada.

5.

Pasada la misa, y ya preparándonos para el regreso, Julio decide fotografiar los cuadros primitivos de los pintores campesinos de Solentiname, "vaquitas enanas en prados de amapola, la choza de azúcar de donde va saliendo la gente como hormigas, el caballo de ojos verdes contra un fondo de cañaverales, el bautismo en una iglesia que no cree en la perspectiva y se trepa o se cae sobre sí misma, el lago con botecitos como zapatos y en último plano un pez enorme que ríe con labios de color turquesa... empecé a mirarlos a la luz delirante de mediodía, los colores más altos, los acrílicos o los óleos enfrentándose desde caballitos y girasoles y fiestas en los prados y palmares simétricos. Me acordé que tenía un rollo de color en la cámara y salí a la veranda con una brazada de cuadros; Sergio que llegaba me ayudó a tenerlos parados en la buena luz, y de uno en uno los fui fotografiando con cuidado, centrando de manera que cada cuadro ocupara enteramente el visor..."

Luego, haciendo ese sesgo peculiar de sus cuentos, donde la realidad cede de manera imprevista, y natural, el paso a lo extraordinario, cuenta que ya de regreso en París, cuando tras revelar los rollos proyecta una noche en su apartamento las diapositivas a colores, en la pantalla, en lugar de aquellos cuadros inocentes empiezan a aparecer escenas del horror y el terror desatados por las dictaduras militares, prisioneros encapuchados, cadáveres mutilados, un coche que estalla.

Pero entre esas imágenes, y allí está la sorpresa detrás de la sorpresa, hay una en que aparece la escena del asesinato del poeta salvadoreño Roque Dalton, ejecutado en la clandestinidad por sus propios compañeros de armas tras un juicio sumario acusado de ser agente de la CIA, una acusación que iba más allá de la ejecución física porque pretendía la ejecución moral.

6.

Triunfó la revolución. A Siuna fuimos en 1979 para el acto de nacionalización de las minas hasta entonces en manos de compañías extranjeras, en un avión militar de la desaparecida fuerza aérea de Somoza, un avión de bancas transversales y que parecía más bien un autobús destartalado, de la misma calaña de aquel donde la culebra reptaba entre los pies de los pasajeros despavoridos. En un pedazo de una bolsa de mareo, entre los sobresaltos del vuelo de regreso, Julio me escribió:

Sergio: nunca dejaré de agradecerte que me hayas permitido la oportunidad de volar en un avión con una escoba. Por si no lo creés, la escoba está junto al asiento de Carol.

Y fuimos juntos, también, en fin, a actos de entrega de títulos de reforma agraria en varias comarcas del departamento de Rivas, y a la inauguración de una micropresa. Eso fue en octubre de 1983. Julio lo recuerda en un Minidiario recogido en Papeles inesperados:

"Si al marqués de Sade le hubieran gustado las micropresas —y esto se prestaría a muchos juegos de palabras—, merecería ser el dueño de la de Güiscoyol, porque han instalado la tribuna de frente al sol de las tres de la tarde, nos sientan en una fila de sillas como que fueran a fusilarnos (¿ustedes sabían que en alguno de nuestros países se tenía esta delicada atención para que el condenado estuviera más cómodo?) y ahora los discursos me parecen maratones, las obras completas de Balzac, las arengas de Fidel, con el sol empujándome la cara, juro que es cierto, moriré convencido que la teoría corpuscular de la luz es la única verdadera, qué ondas ni qué ocho cuartos, son piedras, hermano. Y otra vez tragos pero al sol, y yo agarro mi cerveza y encuentro un árbol perdido por allí y le digo que es mi árbol, que lo amo apasionadamente, no sea cosa que se me vaya de golpe, puede pasar en este país de locos. Y la cerveza está caliente, para decirlo todo…cambio delicioso y merecido una hora más tarde: Sergio inspecciona una fábrica para procesamiento de langostinos y camarones, donde los enormes hangares tienen por lo menos el aire de ser frescos…vuelvo a subir al horrendo jeep un poco menos muerto que antes, pero el turco me espera con el palo encebado y mi único consuelo es Vlad V, el príncipe rumano que se vengó de los turcos empalando a diez mil de ellos y de pasó originó la leyenda de Drácula…"

7.

Salman Rushdie, en su libro La sonrisa del jaguar, el relato de su visita a Nicaragua en el año de 1986, habla de su sorpresa porque en los mercados de Managua, el nombre de Cortázar, el autor de "la diabólicamente esotérica y complicada Rayuela" hubiera llegado a ser popular entre las gordas mujeres de delantal que sirven la comida a sus comensales en las largas mesas nubladas por el humo de los peroles que hierven en las cocinas. Allí comió Julio alguna vez.

Era lo que siempre le pedía a Tulita cuando lo acompañaba en sus excursiones en Managua, que no lo llevara a restaurantes, sino a los mercados. Por eso lo conocían, no, por supuesto, porque leyeran Rayuela, como si fueran personajes de Lezama Lima sacados de Paradiso, o como de verdad lo hacían los guerrilleros en la clandestinidad.

¿Por qué un guerrillero habría de leer Rayuela? Porque era un libro de iniciación crítica que ponía en cuestión todo el catálogo de valores burgueses. Las categorías éticas de Rayuela iban más allá de la patafísica, y ya se ve que llegarían a tener consecuencias políticas. Algo tan insólito como una escoba dentro de un avión, porque Rayuela, no contenía propuestas, más que la del salto en el vacío. Una operación de demolición que no aspiraba a más, porque en las respuestas se incuba ya el error. Pero para construir, ya se sabe, es necesario primero destruir, ir a fondo en el cuestionamiento, es decir, en las preguntas. Incesantes preguntas capaces de abrir paso a otras preguntas, y entonces más preguntas aún.

La inconformidad perpetua, algo con lo que al fin no pueden compadecerse las revoluciones una vez en el poder, porque de todas maneras terminan buscando un orden institucional que desde el primer día empieza, por ley inexorable, a conspirar contra la rebeldía que le dio vida a ese poder. Las utopías reglamentadas se vuelven siempre pesadillas. Un viaje, a veces rápido, desde los sueños a los malos sueños, y de allí a los pésimos sueños, Morelli pudo haberlo dicho, Oliveira pudo haberlo pensado.

8.

Cuando ya de regreso en París en 1976, tras revelar los rollos que trae de su viaje a Centroamérica, Julio proyecta una noche en su apartamento las diapositivas tomadas en Solentiname, en lugar de los cuadros inocentes de colores encendidos de los pintores primitivistas, cada vez que oprime el botón del telecomando aparecen las escenas que ya sabemos, el cono sur y Centroamérica igualados en barbarie, Uruguay, tan culto siempre, equiparado a Nicaragua, los generales de Brasil tan asesinos como los de Guatemala, Chile tan pedagógico nada tenía que enseñarle a los coroneles de El Salvador, banana republics multiplicadas aquí y allá, antes de que ese apelativo infame se convirtiera en una marca de ropa.

Entonces es cuando en una de esas imágenes aparece Roque Dalton, "un muchacho flaco mirando hacia la izquierda donde un grupo confuso, cinco o seis muy juntos le apuntaban con fusiles y pistolas; el muchacho de cara larga y un mechón cayéndole en la frente morena los miraba, una mano alzada a medias, la otra a lo mejor en el bolsillo del pantalón, era como si les estuviera diciendo algo sin apuro, casi displicentemente, y aunque la foto era borrosa yo sentí y supe y vi que el muchacho era Roque Dalton, y entonces sí apreté el botón como si con eso pudiera salvarlo de la infamia de esa muerte…"

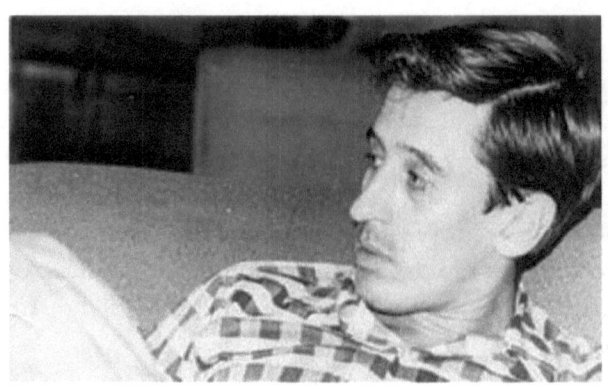

Roque tenía fama de feo y se preciaba de ello, basta ver en las fotos su quijada pronunciada y su rostro que parece el de un boxeador castigado de manera inmisericorde en el cuadrilátero. A ese chero feo nunca lo conocí, pero una vez, por allá de 1972, llamó desde La Habana a las oficinas del Consejo Superior Universitario Centroamericano en San José, en busca de Ítalo López Vallecillos, salvadoreño también, que trabaja conmigo como director de EDUCA, la editorial centroamericana que creamos en 1968, donde se hallaba en proceso de edición su libro sobre el dirigente comunista Miguel Mármol, a quien ya anciano había entrevistado en Praga en 1966. Mármol, un personaje de leyenda, había sido protagonista de la rebelión de 1932 contra la dictadura de Maximiliano Hernández Martínez.

No había ya nadie en las oficinas, iban a ser las seis de la tarde, yo iba saliendo, y cuando sonó la chicharra del conmutador levanté el auricular y era él, una llamada borrosa y llena de estática porque entonces Cuba parecía estar en otro planeta, dijimos algo acerca de los azares dichosos de la vida cuando nos identificamos, hombre Roque, hombre Sergio, qué sorpresa, hablamos unos minutos entre risas, como si hubiéramos sido amigos de toda la vida, y sólo me faltó preguntarle si era cierto que él andaba diciendo que Claribel Alegría le había enseñado a bailar rumba en Praga, una solemne mentira porque Claribel ni sabía bailar rumba, ni había estado nunca en Praga, ni tampoco conocía a Roque, más que por cartas; pero la cosa era peor, no sólo rumbas, también tangos, y tap, una pareja como Fred Astaire y Ginger Rogers girando en los infinitos escenarios cambiantes de los musicales de Hollywood a la luz de una falsa luna de papier maché.

No pocas veces hablé de Roque, antes y después de su muerte, con el propio Italo, con Manlio Argueta y con Roberto Armijo en París, en su apartamento de la rue André Antoine del Pigalle, todos ellos compañeros suyos de generación, y ahora con Miguel Huezo Mixco, quien ha investigado de manera minuciosa su vida y las circunstancias de su asesinato, en nuestras tertulias del café La Ventana de la colonia Escalón en San Salvador.

Todo sobre Roque. Su humor desbordado, el inventor de historias que fue, no sólo en sus libros sino en su vida, leyendas que él mismo echaba a rodar como aquella de que sus tíos abuelos eran los célebres hermanos Bob, Bill, Grat y Emmett Dalton, que en los años dorados del far west formaban una banda de célebres malhechores, asaltantes de trenes y de bancos, cuya cabeza había sido puesta a precio en carteles pegados en todas las cantinas y garitos desde Kansas hasta Oklahoma.

Su fantasioso parentesco con los hermanos Dalton se inspiraba en el hecho de que su padre era un tal Winnal Dalton, un aventurero tejano dicen unos, un millonario dicen otros, que por algún razón recaló en El Salvador donde se enredó en amores con una enfermera llamada María García, a la que conoció porque le suturó las heridas resultantes de una pendencia con el millonario judío Benjamín Bloom, cuyo nombre lleva el hospital infantil de San Salvador que él, muy filántropo, hizo construir, insospechable de liarse a golpes con nadie pero quien, según se ve, llevó la mejor parte.

Winnal Dalton nunca quiso reconocer a Roque, nacido en 1935. Un serio caso de daltonismo por parte de la madre eso de coger por la fuerza para el hijo el apellido Dalton del padre, arisco y desobligado, pero para la historia literaria es mejor tener un Roque Dalton, que suena más exótico, que un simple Roque García.

Dos veces durante su vida de militante juvenil comunista cayó en manos de los sicarios de la casta militar, las dos veces fue condenado a muerte a la manera centroamericana, te sacaban de noche a dar un paseo nocturno y ya no volvías más a tu celda, para luego anotar en el parte que te habías querido fugar, y las dos veces logró escapar porque la Providencia, en la que no creía, así lo dispuso. La primera vez en 1960 iban ya a matarlo cuando un golpe de estado depuso al coronel José María Lemus, y la segunda vez en 1964, el propio día de Cristo Rey, vaya la insistencia de salvar a los descreídos, ocurrió un terremoto en San Salvador que derrumbó las paredes de su celda de la Penitenciaría Central, y escapó entre la polvareda a todo correr, o lo que daría lo mismo, salió caminando tranquilamente por el boquete de la pared reventada, sacudiéndose la cal y los cascajos.

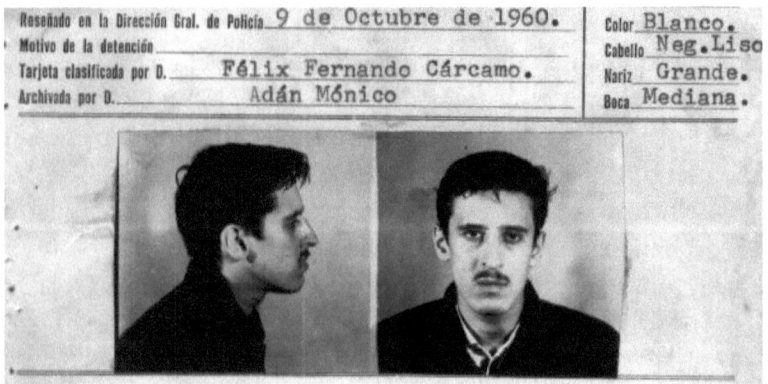

9.

Gabriela Mistral había bautizado a El Salvador como "el pulgarcito de América" por su exiguo tamaño, linda ocurrencia de maestra de párvulos, y Roque escribió en 1973, dos años antes de su asesinato, el libro de poemas Historias prohibidas de Pulgarcito, donde aparece su celebrado Poema de Amor dedicado a los salvadoreños desarraigados y trashumantes, los reyes de la página roja, un sucedáneo del himno nacional y con mucha mejor letra. He aquí, a manera de muestra, los versos de muestra:

los eternos indocumentados,
los hacelotodo, los vendelotodo, los comelotodo,
los primeros en sacar el cuchillo,
los tristes más tristes del mundo,
mis compatriotas,
mis hermanos.

Pulgarcito tiene un poco más de 21 mil kilómetros de superficie, donde viven más de 6 millones de personas, a razón de 350 habitantes por kilómetro cuadrado, un verdadero hacinamiento que ha obligado, junto con la pobreza endémica, a la emigración hacia Estados Unidos de 3 millones de salvadoreños; cómo se acomodarían esos 9 millones de seres si todos vivieran dentro, es una de esas preguntas ociosas útiles en las discusiones interminables de las centroamericanas mesas de tragos.

En los tiempos en que Roque se hizo poeta y se hizo comunista, Pulgarcito se hallaba dominado por catorce familias oligárquicas, un número mítico y a la vez simbólico, familias endogámicas dueñas de las plantaciones de café, de los bancos y de las industrias, que se hacían construir palacetes victorianos y en algunos casos castillos medievales con fosos donde reptaban caimanes verdaderos, mejor que perros guardianes, y en lo que iba del siglo veinte, para mayor comodidad habían delegado el poder político en los militares, algunos de ellos tan conspicuos como el ya dicho general Maximiliano Hernández Martínez, un dictador histriónico, loco de amarrar, que era teósofo y daba conferencias por radio acerca de los flujos magnéticos y la transmigración de las almas, y que no vaciló en ordenar en 1932 el ametrallamiento de 30.000 indígenas encerrados por el ejército en la plaza de Izalco como ganado en un corral.

Bajo estas circunstancias ser poeta y ser militante no era nada raro, toda la generación de Roque surgida en los años cincuenta lo fue. Poetas díscolos y libertinos que sufrían en carne viva los rigores de la disciplina leninista. Roberto Armijo, que militaba en una célula del Partido Comunista Salvadoreño en la Universidad Nacional, donde administraba la librería, y quien luego perdió a uno de sus hijos en la lucha guerrillera, vivía sentado en el banquillo de los acusados por su afición al whisky escocés, y según el jefe de su célula, su peor debilidad ideológica era que le gustaban las mujeres de la burguesía.

La lucha armada se desencadenó al fin bajo el mando de diversas fracciones guerrilleras que se disputaban entre ellas la primacía de la razón ideológica, y los juegos sectarios de las células que sostenían sus reuniones nocturnas en las instalaciones de la Universidad Nacional, se volvieron letales cuando las armas de fuego sustituyeron a los mimeógrafos de imprimir volantes, y es así que Roque fue asesinado el sábado 10 de mayo de 1975, cuatro días antes de cumplir cuarenta años, no a manos de las fuerzas represivas de la dictadura militar de turno, sino de sus compañeros del Ejército Revolucionario del Pueblo (ERP), pomposo nombre para un puñado de muchachos que recién habían abandonado las aulas universitarias. La acusación era, quién podía entender aquello, de que Roque actuaba como doble agente de los servicios secretos cubanos, y de la CIA.

Un pobre poeta, Pobrecito poeta que era yo, como el título de su novela que publicamos en EDUCA un año después de su asesinato, agregando al final un texto de Julio Cortázar, Una muerte monstruosa. Un poeta compuesto de varias partes, como un modelo para armar. Con su parte de convicción en la necesidad de la lucha armada, que clava el dardo contra los defensores de la lucha pacífica, entre ellos los santones de la línea pro soviética: "Cuando usted tenga el ejemplo de la primera revolución socialista hecha por la «vía pacífica», le ruego que me llame por teléfono. Si no me encuentra en casa, me deja un recado urgente con mi hijo menor…".

Un poeta ortodoxo, con su parte de verdad ideológica celosamente defendida, que lo llevó a escribir Un libro rojo para Lenin, mixtura entre poemas de acentos nerudianos, reflexiones teóricas y citas aleccionadoras del propio Lenin en su calidad de artista invitado. Fue escrito por encargo de la Casa de América de Cuba en 1970, al cumplirse el centenario del nacimiento de Vladimir Ilich, y va dedicado, además, a Fidel, "el primer leninista de América", y en un solo saco entran allí "la continuidad histórico-mundial de la revolución proletaria leninista: la voz asumida de la experiencia china, la voz de Ho Chi Minh y los muertos vietnamitas, las citas de Fidel, Kim Il Sung, Raúl Castro, el Che....".

Un poeta que tiene su parte de iconoclasta irreverente, con lo que sacaba de quicio a los jerarcas embalsamados en vida, verbo y gracia Taberna y otros lugares, los poemas escritos en Praga en 1966, donde sus epigramas llenos de gracia comparten páginas con un conversatorio delirante entre jóvenes parroquianos cosmopolitas de la taberna U Flekú, que siempre están hablando del marxismo con insolencia desfachatada, burlándose solapadamente de los más sagrados principios ideológicos mientras beben cerveza negra de barril y tratan de hacerse oír por encima de la música festiva de las polcas, no pocos revolucionarios latinos entre ellos porque era un tiempo en que para llegar a La Habana desde cualquier parte de América, había que hacerlo a través de Praga. Hay poemas allí que merecerían la censura de las altas potestades del partido, esa deidad intransigente de múltiples brazos; como éste, por ejemplo, que se titula Sobre dolores de cabeza:

...Y es que el dolor de cabeza de los comunistas
se supone histórico, es decir
que no cede ante las tabletas analgésicas
sino sólo ante la realización del Paraíso en la tierra.

Así es la cosa.

Un poeta con su parte etérea, mal dotado para imponerse entre los aprendices de brujo que reverenciaban al becerro de papel de los manuales marxista-leninistas mientras buscaba monte arriba, en lo oculto de su cabeza, nefelibata entre las nubes, cómo diría Rubén, sus tablas de la ley escritas en versos y en estrofas, pobrecito poeta, pobrecito profeta que era él.

Un poeta con su parte de padre de familia amoroso, casado muy joven, y con su parte de bohemio errante y mujeriego, no es cierto que a los feos les estén vedadas las camas ajenas, al contrario, el hombre es como el oso, asentado por temporadas en Moscú, en Praga, en La Habana, donde tuvo que navegar en aguas encontradas y terminó peleado con las jerarcas culturales que no lo reivindicaron sino ya muerto. Y un poeta, en fin, con su parte de ingenuo como para creer que servía para la lucha armada y por eso regreso en secreto a El Salvador donde lo esperaba su suerte disfrazada de espanto.

10.

Roque volvió clandestino a Pulgarcito el 24 de diciembre de 1973. El poeta Alfonso Quijada Urías, compañero suyo de generación, dice que fue "el retorno de Gulliver" al país de los enanos. Ya vemos qué clase de hilos de plomo eran aquellos con los que lo ataron. Se trató de una fecha escogida seguramente adrede, porque en la víspera de Navidad la vigilancia policíaca se relaja, agasajos en las oficinas, regalitos, borracheras tempraneras, y lo hizo, por supuesto, con un pasaporte falso que le permitió pasar sin sobresaltos los trámites de migración en el aeropuerto internacional de Ilopango, sometido antes en La Habana a una cirugía cosmética por los mismos especialistas que cambiaron la fisionomía del Che cuando partió hacia Bolivia. Al fin dejarías de ser feo Roque, o te convertiría en otra clase de feo, qué cirujano facial era capaz de quitarte aquella quijada prominente de Ángel Garaza, Malasuerte, el partenaire de Cantinflas en A volar, joven.

En los meses previos había recibido en Cuba entrenamiento militar, qué entrenamiento sería aquél, alguien asegura que lo adiestraron hasta en el manejo de un tanque de guerra, a lo mejor de un cañón antiaéreo, de una bazuca, de un órgano de Stalin. Julio Cortázar recuerda que una noche fue testigo silencioso de una animada discusión entre Roque y Fidel sobre armas de guerra. "Una metralleta invisible pasaba de las manos del uno a las del otro... las diferencias entre el corpachón de Fidel y la figura esmirriada y flexible de Roque nos causaba un regocijo infinito".

Y entonces lo mataron. La trama de su asesinato parece sacada de las páginas de El señor de las moscas de William Golding. Lo declararon bajo arresto en una casa de seguridad del barrio Santa Anita de San Salvador, junto con el obrero Armando Arteaga, y ambos, poeta y obrero, fueron sometidos a juicio sumario. El seudónimo de Arteaga era Pancho, el de Roque "tío Julio" porque los bisoños guerrilleros del ERP lo veían como un viejo. Cuándo se te ocurrió, Roque, que acabarías con un nombre que era como una marca de ron.

En el juicio, y no imaginen un estrado, magistrados de toga, todos de pie que entran su señorías, fueron exhibidas como pruebas capítulos y párrafos de libros de Roque, o poemas suyos, la imaginación es por naturaleza incriminatoria y siempre va a jugarte una mala pasada, camarada, en sus escritos los jueces veían sesgos evidentes de su traición, o de sus debilidades ideológicas pequeño burguesas, ya la escritura por sí misma es el gusano que asoma su cabecita en el orificio de la manzana condenada a podrirse. Hasta sus bromas fueron usadas como prueba, sólo eso daría para un voluminoso expediente, irreverente, burlesco, réprobo de la fe, irrespetuoso con sus superiores. Se le señaló también "su irresponsable bohemia". ¿Hablaría también el fiscal, iracundo, moviendo con energía el dedo acusador, de su afición a las faldas?

Hay quienes dicen que una militante amante suya, que pertenecía a la misma célula, y presente en el juicio, le propuso escapar como en una cruenta novela de amor, pero él se negó con espíritu de militante que se debía a su organización, su partido armado, y respondió que confiaba en sus compañeros, ingenuo poeta que era yo, pero ya en su rostro había inquietud, cierta sonrisa de aflicción, incredulidad en lo que estaba ocurriendo, todo empezaba a oler a final de juego.

No se sabe si una vez dictada la sentencia de muerte el poeta y el obrero, pobrecitos de los dos, fueron ejecutados allí mismo en la casa del barrio Santa Anita, o los llevaron al Playón, un páramo de lava petrificada del volcán San Salvador en Quezaltepeque, al norte de la capital, donde los escuadrones de la muerte de la policía del régimen botaban cadáveres de prisioneros asesinados en las cárceles. Alguien sostiene que más bien fueron llevados a otra casa del mismo barrio, escondi-da entre árboles, donde se dio la ejecución, porque aquel puñado de aprendices de guerrilleros asustados no iba a tomar el riesgo de recorrer una distancia tan larga con sus dos prisioneros. Como se ve, las versio-nes difieren según los nebulosos testigos que recuerdan a medias, o no quieren recordar, y así nos enfrentamos a un crimen que se multiplica en distintos crímenes, según cada versión, como el crimen el bosque contado en Rashomon, la novela de Ryunosuke Akutagawa llevada al cine por Akiro Kurosawa.

Otro asegura que le inyectaron un somnífero antes de dispararle a quemarropa, piedad o cobardía, con lo que habría muerto mientras dormía, pero también existe la versión de que sus verdugos lo tomaron por sorpresa y uno de ellos le dio un tiro en la nuca, al estilo de las eje-cuciones de prisioneros en las ergástulas de la KGB en la Unión Sovié-tica, como en la novela Oscuridad a mediodía de Arthur Koestler. Sus hijos, que se han empeñado en averiguar las circunstancias del crimen, creen que realmente los prisioneros fueron llevados a la colada de la lava del volcán, y tras ser asesinados, sus cuerpos fueron apresurada-mente enterrados en una fosa de poca profundidad, atrayendo antes de que amaneciera a los animales carroñeros que empezaron a devorarlos.

En los días siguientes apareció en alguna pared de uno de los pasi-llos de la universidad un comunicado mecanografiado, suscrito por el Estado Mayor del fantasmal Ejército Revolucionario del Pueblo y escri-to en prosa perdularia, dando una justificación oficial al asesinato. Un poeta como él no merecía esa prosa:

"El Ejército Revolucionario del Pueblo fue objeto de infiltración enemiga por medio del salvadoreño Roque Dalton, quien militó duran-te algún tiempo en nuestra organización revolucionaria y quien estaba colaborando con los aparatos secretos del enemigo. La labor traidora que realizó Roque Dalton en el seno de nuestra organización costó a nuestra organización y a nuestro pueblo la vida de dos de sus mejores combatientes Armando y Mauricio y el fracaso de algunas acciones militares revolucionarias. Roque Dalton fue detectado, capturado y fusilado por las fuerzas del E.R.P. Existen innumerables pruebas de su labor traidora en el seno de nuestra organización…"

Años más tarde, ya pasada la larga guerra de los años ochenta libra-
da por el Frente Farabundo Martí para la Liberación Nacional

(FMLN), al que se integró el ERP, el crimen fue justificado con cínica
frialdad como "un error político ideológico", algo así como un daño
colateral.

Ya con esta me despido. Roque había escrito un poema sobre su
propia muerte que se llama Alta hora de la noche, un verdadero epita-
fio para su tumba desconocida, un puñado de cuyos versos aquí dejo:

No pronuncies mi nombre cuando sepas que he muerto desde la oscura tierra vendría por tu voz.

No pronuncies mi nombre, no pronuncies mi nombre, Cuando sepas
que he muerto no pronuncies mi nombre.

11.

Conocí hace años en Guatemala a uno que no sabía si quiera qué era eso del ego, Chema López Baldizón. Recuerdo ahora sus gestos de predicador a quien sólo faltaba la biblia manoseada bajo el brazo, su humilde catadura de maestro rural al pasearse por el estrecho espacio de mi cuarto en el Hotel Panamericano de la sexta avenida una tarde en marzo de 1967, hablando entre otras cosas de sus días de exilio en México, pero ahora se me confunden sus anécdotas de desterrado, porque a tantos guatemaltecos oía hablar de lo mismo, ganándose el sustento como vendedores de lotería, de agujas de máquinas de coser, de perrajes, de enciclopedias Grolier de puerta en puerta, como fotógrafos ambulantes, cámara de cajón y caballito de madera, una sábana como telón de fondo, Chema pasando de un tema de conversación a otro sin transición, los zapatos empolvados, los grandes anteojos, dando majestad a su atuendo con una larga corbata que le colgaba debajo de la hebilla de la faja, pero a eso me había habituado, a las largas, desconcertadas y desconcertantes pláticas centroamericanas en los cuartos de hotel, en las cafeterías de tazas de plástico, café ralo y panes dulces fríos sacados de urna sobrevolada de moscas, distintas voces que hablaban todas a la vez, y fuera del tema eterno del exilio, de qué otros hablaba Chema, bracero, buhonero, artesano, maestro rural, y sobre todo escritor de cuentos, en su voz el registro monocorde de chapín de Rabinal, Baja Verapaz.

Tenía un extraño automóvil fabricado por él mismo, de piezas viejas recogidas en distintos lugares, y al que pocos, entre ellos yo, osaban subirse, porque además del riesgo de que el armatoste se destratara a medio viaje, Chema conducía por la libre, quitando las manos del volante para gesticular, y si llevaba pasajeros atrás, volviéndose enfáticamente hacia ellos, pero ese día me dejó sano y salvo en la explanada frente a la rectoría de la Universidad de San Carlos en la entonces lejana ciudad universitaria, quedamos de vernos luego, otro día, en otro viaje mío, lo esperé en vano porque en futuras ocasiones ya no volvió a presentarse al hotel, algún recado telefónico, el saludo a través de algún amigo, mas nunca volví a saber por dónde andaba, su dirección perdida en algún folder viejo con los años, hasta cuando leí que lo habían secuestrado en media calle, desaparecido y nadie supo más de él, una noticia de segunda página, la protesta de algún grupo, ya amortiguada por la frecuencia con que tales cosas sucedían en Guatemala mejor conocida como Guatebala.

Quién era Chema López Baldizón, caramba, qué mierda más jodida es esto del olvido, ya casi nadie se acuerda que alguna vez existió, que escribió cuentos, principal entre los narradores guatemaltecos surgidos a finales de la década de 1940, obligados a buscar algo distinto que decir para librarse de la marca vernácula impuesta por Flavio Herrera y Carlos Wyld Ospina, para no hablar de la marca de Miguel Ángel Asturias, de quien acababa de aparecer entonces Hombre de Maíz, buena prueba de que era tan buen cuentista La Vida Rota, que recibió en el año de 1960 el premio Casa de las Américas en La Habana, no porque fuera izquierdista, era buen escritor de verdad.

En sus cuentos los temas regionales son sometidos no ya al dominio del medio, sino al de los personajes, y el lenguaje se aparta del entrevero pintoresco para volverse coloquial, pero a la vez mágico, y como en Rulfo, los protagonistas hablan en primera persona, desde dentro de ellos, indios pobres, mendigos, dementes, que van por la Guatemala de los caminos rurales y los poblados en abandono.

Igual que a sus personajes, le esperaba un destino oscuro e incierto, un revolucionario tenaz y callado, estaba seguramente en una vieja lista, de esas resudadas en manos de los mismos sicarios de siempre, y en 1975 le llegó su turno, secuestrado, desaparecido asesinado, su vida rota, y el olvido, carajo, ese abismo que ni siquiera devuelve ecos.

12.

Allá por los lejanos años sesenta del lejano siglo veinte, cuando el correo electrónico era sólo uno de esos presentimientos futuristas de aquellos que encontramos en Valiente Mundo Nuevo de Aldous Huxley, me escribía a menudo con Claribel Alegría, ella en Mallorca y yo en San José de Costa Rica.

Eran cartas de verdad las de Claribel, no como las de ahora que son pura ilusión óptica, send, forward, delete, unas cartas en papel de seda color verde, papel de verdad, metidas en sobres aéreos, sobres de verdad, air mail par avion, y con estampillas, estampillas de verdad, desde las que me miraba en sepia, verde, o gris, el rostro adusto de bigote recortado del Generalísimo Francisco Franco, para nada virtual, caudillo de todas las Españas.

Nos conocíamos, pues, por correspondencia, sin habernos visto nunca las caras. Y su dirección, a esa edad en que el mundo bate como una mar inquieta frente a los ojos en la lontananza desconocida, tenía para mí una signatura misteriosa: C´an Blau Vell, Dejá, que llevaba hasta mi escritorio de formica, en la penumbra de las eternas lluvias vespertinas del valle central de San José, cuando todo entra en penumbra, el vago aliento de las islas Baleares de que hablaba Rubén en su Epístola a Juana de Lugones.

Una tierra mítica para mí, Mallorca, desde aquella larga epístola escrita en incansables alejandrinos pareados que he releído siempre con renovada fascinación y donde hasta las notas de pie son alejandrinas y son rimadas. La isla de Raimundo Lulio, el doctor Illuminatus, un nombre que aprendí de labios de mi maestro Mariano Fiallos Gil, y cuya cueva de oración, cuando se convirtió en eremita, se hallaba muy cerca de Dejá, en los predios de Miramar, la finca del errante archiduque Luis Salvador; el mismo Raimundo Lulio que inventó "una máquina lógica, en la que los sujetos y predicados de las proposiciones teológicas se organizaban en círculos, cuadrados, triángulos y otras figuras geométricas, de tal manera que moviendo una palanca, girando una manivela o rotando una rueda, las proposiciones convendrían por sí mismas en lo afirmativo o lo negativo y, por tanto, probarían por sí mismas su verdad". Una tierra, Mallorca, no ajena ni a los milagros, ni a los desvaríos.

Mítica también Mallorca gracias a los relatos de Claribel en sus cartas, en las que sus palabras tintineaban entusiastas —sino temiera a lo cursi diría que tintineaban con alegría, como su apellido—, invitándome siempre a llegar a verla a aquel pueblo encantado, con atractivos de feria para un escritor en ciernes como yo, nada menos que el poeta Robert Graves era su vecino, y en los veranos, desde su ventana, Claribel podía divisar a Julio Cortázar en la suya, Carlos Fuentes y Mario Vargas Llosa pasaban los veranos allí mismo, supe mejor de Dejá cuando leí años después Pueblo de Dios y de Mandinga, el relato de Claribel que mejor he gozado, porque la magia se trastoca con la risa, como si uno entrara por una trampa de doble fondo a la cueva de Montesinos y saliera de ella atormentado por las cosquillas.

No llegué a Mallorca sino más de treinta años después, cuando me refugié en una finca entre Pollensa y Alcudia para terminar de escribir Margarita, está linda la mar, y buscaba al mismo tiempo las huellas de Rubén Darío, del Archiduque Luís Salvador, y del enigmático fotógrafo nicaragüense Castellón que se había casado con una judía chueta del ghetto del Can Mayor de Palma, y a quien no terminaba aún de inventar, personaje de Mil y una muertes.

Entonces, fui, por fin, a Dejá, en busca de C´an Blau Vell, la casa ahora desierta donde Claribel y su marido Bud Flakoll habían vivido por largos años, una casa campesina a la vuelta de un callejón de lajas en descenso, construida en piedra hace más de trescientos años, con sus tres pisos comunicados por escaleras estrechas y empinadas, como de campanario, y coronada por una terraza que entre tiestos de flores mira a la mole del Teix, la más alta de las eminencias de la sierra Tramontana, tan próximo que con sólo estirar mano uno puede tocar el relieve de tiza de sus torrenteras secas y sus nervaduras violeta. Una casa misteriosa, que antes había pertenecido a una enana sordomuda cuyo fantasma inofensivo andaba por las estancias arrastrando los pies, qué voces podía dar la pobre para espantar a alguien.

Las llaves las había dejado Claribel en manos del sacerdote Miquel Moll, un personaje memorable de la misma raza de los que entran y salen por las páginas de Pueblo de Dios y de Mandinga, un cura de la nueva ola prestado a Quevedo o a Graham Greene; y fue él mismo quien abrió, empujando con el hombro, la puerta crecida por la humedad mientras caía del dintel una lluvia de polvo, treinta años en los que tantas cosas habían ocurrido, entre ellas una revolución en Nicaragua, razón de que aquella casa hubiera sido abandonada por sus moradores, porque Bud y Claribel se trasladaron entonces para siempre al país que siempre estuvo reclamándola porque en el solar de la vieja casa paterna en Estelí, ahora desaparecida, ella tenía enterrado literalmente su ombligo al pie de un madroño, y se ha empeñado en enterrar también los ombligos de sus nietos y biznietos.

El padre de Claribel, el muy respetable doctor Daniel Alegría, médico, cirujano y partero, acérrimo partidario de Sandino y por tanto acérrimo antiimperialista, exiliado en El Salvador por obra de la intervención militar que entonces sufría Nicaragua, hizo jurar en su lecho de muerte a sus dos hijas, Claribel una de ellas, que nunca se casarían con un gringo, búfalos de dientes de plata. Fue lo primero que hicieron.

13.

Mi memoria me decía que me vi por fin con Claribel en Managua para los primeros e intensos días de la revolución, pero es el poeta José Coronel Urtecho quien viene a mi rescate en las páginas de su libro Líneas para un boceto de Claribel Alegría: "Conocí a Claribel Alegría en la casa de Sergio Ramírez en San José de Costa Rica como seis meses antes de la victoria de la revolución en Nicaragua. Fue, no me olvido, en una fiesta de las que a veces daban en la casa donde aún vivían Sergio y Tulita, su esposa, que propiamente no eran fiestas aunque se las recuerde con ese nombre, porque tenían toda la animación y la alegría de las fiestas, sino sencillamente reuniones bastante más alegres y animadas que las fiestas de la otra gente y en las que Sergio y Tulita reunían informalmente a sus amigos, nicaragüenses y amigos de la revolución, ya para entonces cercana al triunfo, aunque no todos lo vieran tan cercano…"

Desde el año de gracia de 1979 fuimos vecinos en Managua, cuando en mi casa o la suya recibíamos a tantos latinoamericanos que venían a Nicaragua a vivir su epifanía, Julio Cortázar, Mario Benedetti, Juan Gelman, Gabriel García Márquez, Eduardo Galeano, y lo somos hoy aún más cuando mi vida está apartada para siempre del tráfago ensordecedor de la vida oficial, y podemos sentarnos en la terraza de su casa bajo un frondoso mango, o en la mía, bajo las ramas de un marañón, a disfrutar de largas conversaciones a la caída de la tarde, mientras tintinea el hielo en los vasos. No, nunca me enseñó a bailar la rumba.

La mítica Claribel Alegría, desde su infancia entre personajes de la literatura, como Jesús en el templo entre los doctores. Inquieta niña enamorada de Salarrué, cuyos Cuentos de Barro fueron insignia de la narración vernácula en Centroamérica, galán de la pantalla en sus recuerdos, a lo John Barrimore. Y cuando apenas tenía seis años, José Vasconcelos, quien había llegado a Santa Ana para dictar una conferencia en el Teatro Municipal, a la que sólo asistieron, eterno riesgo de los conferencistas, doce personas, profetizó que sería poetisa, como decíamos ayer, pero le advirtió que primero debía cambiarse el nombre:

"Clara Isabel es muy hermoso, pero parece más el nombre de una abadesa. ¿Por qué no lo cambias a Claribel?"

Es decir, también la bautizó con su nombre de pluma, que empezó a usar cuando don Joaquín García Monge publicó en Costa Rica sus primeros poemas en El Repertorio Americano; un nombre que según Coronel Urtecho "además de su nombre legítimo y no seudónimo, resulta ser un anagrama de las palabras claridad, belleza y alegría". Para echarle flores estamos a lo largo de las generaciones.

Diez años más tarde Vasconcelos la llevaría, en México, delante de Don Alfonso Reyes para que el sabio juzgara sus primeros poemas, Jesús otra vez entre los doctores, y en 1947 el mismo Vasconcelos pondría el prólogo a su primer libro Anillo de Silencio. Y los poemas de ese primer libro habían sido elegidos por Juan Ramón Jiménez, que vivía exiliado en Estados Unidos, su mentor durante los años en que ella estudiaba en Washington; y Juan Ramón, de paso sea dicho, la llevó una tarde del año 1945 al hospital St. Elizabeth a conocer a Ezra Pound, declarado oficialmente enfermo mental, con lo que se libró del cargo de traidor por propagandista de Mussolini en Italia, y fue en ese hospital donde escribía entonces los Cantos.

Juan Ramón había ido guardando pacientemente los poemas que Claribel le daba a leer, y apartaba, en secreto, los que más le parecían. Una tarde en que llegó a visitarlo a su casa, Zenobia, su mujer, le anunció una sorpresa. "Sobre la mesita de centro había un legajo mecanografiado. Eran mis poemas", recuerda. "Juan Ramón había elegido los que a él más le gustaron, hizo correcciones y se los dio a Zenobia para que los pasara a máquina". "Tienes un librito", le dijo entregándole el manuscrito, "ahora debes encontrar dónde publicarlo".

Un maestro riguroso Juan Ramón, como recuerda Claribel, nunca dispuesto a engañar a nadie acerca de virtudes literarias; a otro discípulo que quería saber si había leído sus poemas, le respondió mirándolo a los ojos: "Sí, los he leído. ¿No te gustaría ser ingeniero o médico o cualquier otra cosa?" Lo que me lleva a otro dicho parecido de Julio Cortázar referido a un aspirante a escritor: "con las oportunidades que había en la horticultura…".

Miguel Ángel Asturias llegó también a Santa Ana en los años treinta del siglo pasado, otro conferencista de escaso público, y el ilustre y voraz comensal fue invitado a almorzar por los padres de Claribel en la casa solariega; volvería a encontrarlo en Chile en 1954, ya casada con Bud, tras el golpe que derrocó al general Jacobo Arbenz, presidente constitucional de Guatemala, razón por la cual vivía exiliado en Santiago Tito Monterroso. Y Asturias la llevaría junto con Tito a Isla Negra para encontrarse con Pablo Neruda, quien después de un almuerzo de erizos y sopa de congrio leyó ante la íntima concurrencia varias de sus aún inéditas Odas Elementales.

Y está también, por supuesto, su larga amistad con Robert Graves, cuyos poemas, para la antología que publicó la editorial Lumen en Barcelona, ella tradujo al español, por propio encargo del poeta. Viejo de residir en Deyá, Graves había llegado a Mallorca por recomendación de Gertrude Stein, la eficaz madrina de la generación perdida a la que pertenecieron Hemingway y Scott Fitzgerald. A finales de los cuarenta, Ernesto Cardenal, que entonces iba a cumplir los veinte años, fue a visitarlo en peregrinación devota, lo recibió, y lo invitó a almorzar. Fue una peregrinación como la que hizo hasta Popayán el poeta y sacerdote nicaragüense Azarías Pallais en busca de Guillermo Valencia, algunos dicen que a pie.

Claribel cuenta cómo conoció a Graves en junio de 1969, cuando junto con Bud se hallaba dedicada a remodelar la casa de Blau Vell: "Eran como las seis de la tarde. Estábamos asomados a un boquete en el segundo piso, que sería la ventana de nuestro dormitorio… De pronto vimos pasar por la calle, bajo nuestro balcón, a un viejo alto de largos cabellos blancos y con un sombrero de paja que le caía casi hasta los hombros. Vestía pantalones cortos y deshilachados y jugaba con una bolita de ping pong.

—¿Es Robert Graves, verdad? —le pregunté a Bud. Antes de que pudiera contestarme, levanté la voz y dije:

-¿Es usted Robert Graves?

Alzó su mirada azul:

—Sí, ¿y ustedes quiénes son?

Conversamos un rato y lo invitamos a una copa de vino. Así nació esa gran amistad que duró hasta su muerte en 1985. Venía a casa por lo menos dos veces por semana. Hablábamos de todo. Nos contaba riéndose, de por qué de un puñetazo le había quedado la nariz aplastada; se entusiasmaba defendiendo su teoría de que el mundo sería mejor si lo gobernaran las mujeres". Graves sería el padrino de la boda de Karen, hija de Bud y Claribel, celebrada en Dejá en 1973.

Juan Rulfo, otra alta potestad, a quien conoció en México en 1951 en casa de Tito Monterroso. "Rulfo trabajaba en ese entonces en la GoodYear vendiendo llantas y aún no había publicado nada, fuera de uno o dos cuentos en alguna revista. Era tímido, arisco, delgado, de estatura mediana y hablaba poco y muy quedito. Tenía ojos encapotados y mirada triste", recuerda Claribel.

Vendía llantas de pueblo en pueblo por todo México, y eso le dio una honda imagen del país oscuro y desolado que devela en sus cuentos de El llano en llamas, en Pedro Páramo, y en sus fotografías. Delante de Claribel se confesó un gran deudor de Salarrué, aquel clásico cuentista salvadoreño con imagen de actor de cine, que ya dijimos: "Para escribir un buen cuento, decía, hay que ser como Salarrué, crear al personaje, crear el ambiente, sentir cómo hablan los personajes y luego mentir, mentir".

Con Salarrué almorcé yo un día de 1965 en casa de Peter Schultze-Kraft en San Salvador, Planes de Renderos. Peter, funcionario entonces del PNUD, traducía los cuentos de una antología centroamericana que iba a publicarse en Alemania. Salarrué no probó más que la ensalada porque era estrictamente vegetariano, esotérico que creía en los planes astrales y en el desprendimiento del espíritu a la hora del sueño para vagar por el espacio sideral, a sus órdenes mi teniente.

El 17 de julio de 1979, mientras Somoza volaba hacia Miami, Julio Cortázar y Carol Dunlop volaban hacia Mallorca para encontrarse en Dejá con Bud y Claribel, y esa noche, en la terraza frente al Teix celebraron aquel acontecimiento, sellado dos días después con el triunfo de la revolución, que cambiaría las vidas de los cuatro ellos. Casi llegaron juntos a Nicaragua, Claribel y Bud, en septiembre, Julio y Carol en noviembre.

Y esto recuerda Claribel de Cortázar, una noche en C´an Blau Vell: "Hacía frío, estábamos apretujados frente a la chimenea escuchando jazz: Thelonius Monk, Betty Smith, Charlie Parker, Louis Armstrong, Miles Davis y no recuerdo quiénes más. Nadie profería una sola palabra. Los rostros de Bud y de Julio estaban transfigurados. Como a las dos de la mañana yo me sentí cansada y subí de puntillas al dormitorio. Ellos se quedaron hasta que amaneció. El jazz era un rito sagrado, el tiempo no existía, nada existía, salvo la música".

14.

Pero, ¿de dónde es al fin y al cabo Claribel Alegría? Nacida en Estelí, es nicaragüense por toda su línea paterna. Su padre emigró hacia El Salvador, ya dijimos, y se afincó en Santa Ana, donde los ricos cafetaleros viajaban cada año a París a gastarse sus ganancias, y cada vez que volvían al hotel donde se alojaban, exclamaban desolados: ¡Bonito, pero es mejor Santa Ana!

En Santa Ana ejerció su profesión de médico el doctor Alegría, los más pobres entre su clientela, y un día le tocó esconder en su consultorio a Farabundo Martí, el dirigente comunista que fue secretario de Sandino, y fusilado luego por mandato de Maximiliano Hernández Martínez. De sus ancestros norteños en Nicaragua, Claribel tiene mucho que contar, de su bisabuelo, por ejemplo, fundador del pueblo de La Concordia, que se empeñó en disecar una laguna, convencido de que en el fondo hallaría un tesoro enterrado, y de tanto afán se quedó insomne para toda la vida.

Y de sus tíos maternos santanecos, mucho que relatar también. Todos eran mentirosos de marca mayor, que contaban con absoluta seriedad sus embustes, y aportaban pruebas para sostenerlas. Uno de ellos, que nunca había estado en París, se juntó una vez con el embajador de Francia en San Salvador y amanecieron bebiendo cerveza y hablando de los grandes bulevares, las calles, las plazas, los barrios, comparando los recuerdos que cada uno tenía de París.

Para ser un escritor se necesita creer sin vacilaciones en los tesoros escondidos en el fondo de las lagunas, y ser sobrino de unos tíos mentirosos; al fin y al cabo, contar no es más que aprender a mentir con aplomo. Mentir, mentir, que de la mentira algo queda.

V. La puerta en el muro

1.

La foto de los suecos, 1998. La infancia es ese territorio perdido al que sólo se entra por puertas secretas, como la puerta en el muro de H.G. Wells, disimulada por una enredadera carmesí, "que a través de una pared verdadera conducía a realidades inmortales"; el otro lado donde uno puede encontrar a los antiguos compañeros de juego en un verde prado y donde hay un reloj de sol trazado con flores. El verde prado de la niñez que se halla en el pasado de arenas movedizas en el que nos hundimos paso a paso, lo recordamos o lo inventamos, ese pasado que es como un país extranjero porque allí hacen las cosas de manera diferente, según L. P. Hartley en su novela The Go Between; o como lo dice el mismo Juan: "la infancia es un abismo del que uno sale como si no comprendiera nada, el minuto posterior de un ahogado que se salva en el último instante". Uno se ahoga en el agua, o en la arena movediza".

En La foto de los suecos, del otro lado de la puerta en el muro lo que hay es un niño asmático en una casa de Puerto de la Cruz, un niño del que la madre siempre está pendiente: "este chico…", es su lamento cotidiano, y el niño tiene por mejor juguete un inhalador para sus crisis de ahogo, un inhalador que él dibujo años después, tal como lo recordaba, para que buscaran o imitaran una igual, pues se necesitaba uno de época en la película La lengua de las mariposas, ya que el viejo profesor de la historia del cuento de Manuel Rivas es asmático, y de allí ese modelo de inhalador pasó a la película Che de Steven Soderbergh, para que lo usara Benicio del Toro.

Una casa en Puerto de la Cruz desde la que se divisa la cumbre nevada del Teide, como la de mi infancia en Masatepe, desde la que se divisa la cumbre oscura y arenosa del volcán Santiago donde, en el fondo del cráter, los turistas pueden ver el espejo burbujeante de lava, encendido de fulgores escarlata, que el fraile mercedario y de grandes empeños en la conquista, Francisco de Bobadilla, creyó la boca del infierno y lo exorcizó como tal tras subir en solemne procesión de cruces y pendones hasta la cima; mientras, por su parte, fray Blas del Castillo, con sentido más práctico, hizo pocos años después, en 1538, que lo bajaran por medio de una polea, yendo él acomodado dentro de un gran caldero, porque creía que aquel magma bullente era oro líquido, y llegado al fondo metió un cucharón en el caldo hirviente y subió con las muestras recogidas en una cazuela, guardándolas con celo para mientras algún sabio examinaba aquellos guijarros renegridos que parecían el excremento de un animal que cagaba escoria.

Eso de que la casa de la infancia de Juan y la mía se parecen lo comprobé la vez que me llevó a conocer a sus hermanas, Candelaria y Carmela, durante un viaje que hicimos juntos a Tenerife, una casa de la que los niños habían desaparecido hacía tiempo, como desaparecieron de la mía, o eran niños ya adultos que viene a ser lo mismo que desaparecer, y la suya y la mía olían lo mismo, en la verdad y en el recuerdo, a la ropa húmeda en los tendederos, a las cacerolas de la cocina que siempre tienen la huella de ajo y grasa de los almuerzos que se sirvieron en la mesa familiar hace tiempo, a las sábanas guardadas con bolitas de alcanfor en los armarios, entre las que mi madre metía frutas a madurar, mangos y aguacates, a las plantas en los tiestos, magnolias, milflores, jazmines, y unas rosas que ella cultivaba en los arriates y cuyos nombres no sé si ella misma inventaba, belleza sin espinas, espuma de mar, reina de la noche, una casa en un pueblo aturdido de silencio, sobre todo al atardecer, tal como recuerda el suyo Salomón de la Selva en el poema La balada del retorno de su libro El soldado desconocido:

Será la hora cuando gravemente transita el farolero:
Alcaravanes, primer revuelo largo de murciélagos y son de
ángelus.
En el árbol del patio las gallinas, en los del bosque
innumerables pájaros...

Las laderas del volcán se hallaban en los años de mi infancia pobladas de venados, no olviden de donde viene el nombre Masatepe. Mi padre tenía una tienda de abarrotes en una de las esquinas de la plaza, frente a la iglesia parroquial, y por las noches, antes de que las puertas de la tienda se cerraran, los cazadores compraban tiros calibre 22 y pilas Winchester para las lámparas que se colocaban en la cabeza, de modo que el intenso deslumbre cegara a su presa y la inmovilizara antes de hacer el disparo fatal. En la sala, al lado de la tienda, había en una pared una ramazón de venado como adorno, regalo de uno de los cazadores a mi padre.

2.

Unos suecos, una pareja y sus dos niños, todos ellos tan blancos que parecían albinos, eran vecinos de los Cruz en Puerto de la Cruz, y tenían una camioneta que se movía por aquellos parajes como una extraña aparición. Esos suecos ahora misteriosos, ¿qué se hicieron? Se fueron, sólo son fantasmas de una foto tomada un día del otro lado del muro, allí donde las cosas se hacen de manera diferente.

En la foto que sirve de portada al libro, al lado de la extraña camioneta de cabina de madera con cortinillas en los ventanucos, está la madre de Juan que carga a los dos rubios niños suecos, varón y mujer, uno en cada brazo, un poco apartado el padre de Juan, el sombrero al desgaire y las manos junto a los bolsillos de la chaqueta, y Juan, a la izquierda, es el más pequeño de sus hermanos, las manos de Carmela en sus hombros, a sus pies un perro en movimiento, y más arriba, el primero de los tres, su hermano mayor Paquillo. Quien toma la foto es el sueco, padre de los niños que se llaman Gofio y Matara, vaya nombres, y por supuesto ese sueco no aparece, a menos que hubiera hecho las de Velásquez, retratarse a él mismo en un espejo, pero aquí no hay espejo que valga, ni hay reyes, ni caballero de negro abriendo una puerta al fondo, ni infanta Margarita, ni meninas, ni enana, ni aya, aunque está el perro, no un soberbio mastín de casta real echado, sino un humilde perro sorprendido al pasar. ¿O es un gato? Debo preguntarle a Juan.

La foto de los suecos

JUAN CRUZ RUIZ

En La foto de los suecos Juan recuerda la radio que todo lo unía con sus hilos en el éter invisible en Puerto de la Cruz, como ocurría lo mismo en Masatepe, donde yo podía ir a pie por medio de la calle cuadra tras cuadra y escuchar la radionovela cubana de Félix B. Caignet El derecho de nacer porque los receptores estaban encendidos a alto volumen en todas las casas; y recuerda también el cine, las películas que iba a ver con su padre, precisamente la que Joseph Losey hizo de The Go Between, con guión de Harold Pinter, y Love Story, de Arthur Hiller, y El Graduado, de Mike Nichols, y Midnight Cowboy, de John Schlesinger.

3.

Mi padre iba muy poco al cine, a pesar de que nos quedaba a media cuadra, porque no dejaba su tienda de abarrotes hasta la hora nocturna del cierre, para atender a los parroquianos, los que compraban chicles y

111

cigarrillos al menudeo camino de la función que empezaba a las siete y cuarenta y cinco, y cuya inminencia se anunciaba por los altoparlantes con el porro El alacrán, y años más tarde con la marcha Zacatecas; y ya cuando la película había empezado a correr, a los cazadores de venados en busca de sus pilas y tiros 22.

El dueño del cine era mi tío Ángel Mercado, y cuando yo tenía doce años se presentó a mi casa a proponer a mis padres que me dejaran asumir el puesto de operador, porque había terminado por despedir al de planta por ebriedad. Mi padre se negó. Ya me veía abandonando los estudios de secundaria que apenas empezaba. Pero al fin los argumentos de mi tío lo persuadieron: podía estudiar, y trabajar, así me haría responsable desde niño; además, de todos modos yo vivía metido en la caseta. Y la extraña condición de mi padre, al aceptar, fue que no recibiría ningún sueldo.

Era cierto. Yo pasaba mi vida dentro de la caseta a la que se subía por una escalera vertical. Fastidiaba al operador para que me regalaran cuadros sobrantes de película, fascinado por las imágenes fijas que podían verse a trasluz, y también proyectarse con una lámpara de mano y un lente de anteojos. Y empezaron a atraerme con poder hipnótico los seriales de gánsteres que nunca botaban el sombrero por muy rudas que fueran las peleas, libradas en bodegas sórdidas y estaciones abandonadas de ferrocarril. Siempre quedaba pendiente la suerte del héroe al final de cada rollo, amarrado entre cajones de explosivos prontos a explotar, o inerme sobre los rieles mientras un tren se acercaba trepidante para pasarle encima, escena que se repetía entera al comienzo del rollo siguiente para mostrar como el héroe se salvaba al último momento.

También perseguía al operador para que me permitiera estar presente a la hora temprana de devanar los rollos, porque siempre llegaban corridos de Managua, ayudaba a abrir los cajoncitos de palo donde viajaban acomodados en sus latas, y después, a la hora de la función, a instalarlos en los aparatos. Cuando el celuloide tostado de las viejas películas se trababa entre los dientes de la polea y el cuadro se quemaba en la pantalla, calcinado desde el centro como si le hubiera caído una gota de lava, los silbidos se transforman en el corral insurreccionado en una lluvia de piedras disparadas contra la caseta. Me entrené entonces en el arte de desmontar el rollo, llevarlo a la devanadora, cortar el cuadro quemado, pegar la película con acetato, instalar de nuevo el rollo metiendo en la oscuridad la película entre los dientes de la polea, ajustar los carbones y echar a andar el motor, todo en menos de un minuto.

Aprendí a pintar los carteles que se colocaban en el parque central y en la estación del ferrocarril, con letras gordas art-déco, en colores ciclamen, azul de Prusia, verde vegetal y rojo sangre, cuando la película no traía su afiche, uno de esos afiches de colores pastel, desvaídos como si desde entonces empezaran a apagarse en la memoria. Y aprendí también a confeccionar los sliders de propaganda comercial que se pasaban en una linterna de doble bastidor, dibujando en láminas de vidrio con tinta china los letreros, y mecanografiando los textos en papel celofán.

Era un cine al aire libre, instalado en una vieja casa de adobes. De la cumbrera surgía la caseta de proyección, el cañón de la casa era el foyer, el corredor de mediagua el palco, y el inmenso patio, donde antes hubo un corral de ordeño, la luneta. En aquella caseta de tablas, con sus ventanillas que se cerraban con postigos movibles clavados a un fiel para que el haz de luz de un aparato no estorbara al que lo reponía, yo tuve mi escuela de cine, y de escritor, porque la forma de narrar se emparentó desde entonces en mí con los encadenamientos, las disolvencias, los fundidos, los planos, los retrocesos en el tiempo, los diálogos.

4.

Cuando repaso en la televisión los canales del cable, me encuentro de pronto con escenas y rostros de viejas películas y puedo identificarlos al instante. Vi esos rostros y escenas innumerables veces, vigilando desde la ventanilla de la caseta la corrección de la proyección, listo a cambiar de aparato al final del rollo sin sobresaltos de la imagen. Y nunca han dejado de seducirme aquellas artimañas usadas para indicar el retroceso en el tiempo, con una lluvia de hojas de otoño, por ejemplo, o el vuelo apresurado de las páginas del calendario; o los titulares de los periódicos que saltan al primer plano, alternando con la imagen de un tren en marcha con un mapa de fondo, para ilustrar una gira artística triunfal.

Películas de Hollywood a las que no faltaba público a pesar de que se presentaban con subtítulos, difíciles de seguir al mismo tiempo que las imágenes. Una cuenta con los ojos cerrados. Las campanas de Santa María, con Bing Crosby e Ingrid Bergman, Mujercitas, con June Allyson y Elizabeth Taylor, La canción de Bernardette, con Jennifer Jones, Qué verde era mi valle, con Walter Pidgeon y Maureen O´Hara, La llamada fatal, de Alfred Hitchcock, El Halcón y La Flecha, con Burt Lancaster y Virginia Mayo. O Marte invade la tierra, con sus terroríficas criaturas extraterrestres de color verde, y, por supuesto, las de vaqueros, con Tim Holt, John Wayne, Glenn Ford… Y trozos de la memoria, Judy Garland cantando en uno de aquellos musicales de vistosas utilerías y colores falsos, una tonada que terminaba muy alto, en la palabra Idaho.

Pero también por mis manos pasaron las latas de Arroz amargo, Milagro en Milán, Roma ciudad abierta, Las fresas salvajes, Rashomon, La balada del soldado, Cuando pasan las grullas, El cuarenta y uno, que mi tío Ángel seleccionaba por gusto propio, así como compraba discos de Debussy y Berlioz en formato de 45 revoluciones para la música que se ponía en los parlantes antes de las funciones, al lado de mambos, porros y guarachas. Esas películas extrañas no iban seguramente a ningún otro pueblo como Masatepe, porque ningún otro dueño de cine se preocuparía en seleccionarlas.

Lo que usted debe saber era una película de instrucción sexual que tocaba el aborto, las enfermedades venéreas, la prostitución y las infide-

114

lidades conyugales. Mi tío Ángel inventó que debía verse por separado, una tanda sólo para mujeres, otra sólo para hombres. La expectación fue inmensa, y el cine se llenó en los dos turnos. Los comentarios en corrillos en voz baja, a la salida, entretenían al público segregado. A mí me sacó de la caseta, y él mismo proyectó la película, pero yo busqué a trasluz, antes de despachar al día siguiente los rollos, las escenas prohibidas que nunca encontré; sólo mujeres en traje sastre y una pluma en el sombrero frente a un médico de gabán en su consultorio, señalando el aparato genitourinario con un puntero.

Y estaban también, por supuesto, las películas de la edad de oro del cine mexicano, que eran las más populares, dramas de charros como El Peñón de las Ánimas, con Jorge Negrete y María Félix, más el eterno malo de la pantalla, Carlos López Moctezuma; y comedias, también de charros, Allá en el rancho grande, con Tito Guízar y Esther Fernández, ferias, palenques de gallos, montados, mariachis, y corridos y guapangos en las voces de Jorge Negrete, Pedro Infante, Luis Aguilar; las de patios de vecindad, Nosotros los pobres, y Ustedes los ricos, las más lacrimógenas de la historia, con Pedro Infante en el papel de Pepe el Toro, y Blanca Estela Pavón en el de su novia Celia, alias "La Chorreada"; Retorno al quinto patio, con Emilio Tuero y Chula Prieto; El bruto, con Pedro Armendáriz y Katy Jurado, de Luis Buñuel.

Películas de cabareteras, hampones y niños expósitos: Víctima del Pecado, con Ninón Sevilla y Tito Junco, Humo en los ojos, con David Silva y María Luisa Zea; y otras, también de cabaret, pero que sólo eran un pretexto para las revistas musicales, en tiempos sin videoclips, y en las que desfilaban Agustín Lara, Pedro Vargas, Toña la Negra, el trío Los Panchos, la orquesta de Pérez Prado, el maestro Chucho Zarzosa en el piano, y los bailes candentes de Tongolele, Rosa Carmina y María Antonieta Pons, en suntuosos escenarios tropicales. Y las de Cantinflas, A volar joven, acompañado de Ángel Garaza, Malasuerte, con su inconfundible acento peninsular, o Allí está el detalle, al lado de Joaquín Pardavé, y los otros cómicos célebres, como Tin Tan y su carnal Marcelo.

La noche de estreno de Violetas Imperiales, con Luis Mariano y Sarita Montiel, cuando mi tío, con sonrisa galante, repartió a la puerta del cine manojitos de violetas a cada muchacha que había pagado su boleto. Las ristras de anteojos de mica, rojo y verde, necesarios para las películas en tercera dimensión. Las de Cinemascope, proyectadas con lentes anamórficos que expandían al ancho de la pantalla las imágenes alargadas en la cinta como figuras de El Greco, y ahora los caballos de las carreras imperiales de Ben-Hur retumbaban dentro de todas las casas en sonido estereofónico, como si fueran a derribarlas entre sus cascos, inversiones cuantiosas que llevaron a mi tío Ángel a la quiebra.

El fulgor de la proyección iluminaba las palmeras reales, y sus penachos parecían arder en el temblor del reflejo de las imágenes. Las constelaciones brillaban, arriba, en el espacio sereno, y las voces cavernosas saltaban desde los parlantes ocultos tras la pantalla de madera, voces de gigantes sobrenaturales a los que se oía hablar y llorar aún en los linderos del pueblo. El aire de la noche dispersaba por los aposentos el arpegio que anunciaba un beso, y en la lejanía podía entenderse el llanto de una mujer, su voz doliente que reclamaba entre lágrimas, los pasos de alguien alejándose con premura por la oscuridad de una calle, un tropel de ganado arriado por John Wayne, el rumor de una lluvia extranjera cayendo sobre los techos.

VI. Huevos para todos los gustos

1.

En la Feria del Libro de Guadalajara del año 2011, mientras me dirigía al buffet del desayuno en el restaurante Los Vitrales del hotel Hilton, pasé al lado de la mesa donde comía Mario Vargas Llosa al lado de Patricia su mujer, y con sonrisa en la que había culpa y satisfacción me mostró con ambas manos el plato, toda una evidencia dichosa, y me dijo, como si fuera necesario algún indicio para notarlo: "me estoy comiendo unos huevos rancheros".

Una de las cosas que primero pienso cuando el avión empieza a descender sobre el desértico valle de Anáhuac para luego entrar en la densa penumbra tóxica que cubre la ciudad de México, o lo mismo, cuando voy llegando a Monterrey o a Guadalajara, es en los espléndidos e incomparables desayunos mexicanos, un arte que ningún otro pueblo domina de manera tan sabia y suculenta. Ni los desayunos decimonónicos ingleses descritos con tanta fruición en novelas como The Warden de Anthony Trollope, el full breakfast, en los que además de todas las novedades de la mañana, entre las que se hallan sin faltar los huevos acompañados de bacon, se sirve lo que queda de la pierna de cordero de la noche anterior; ni tampoco los desayunos rurales rusos que aparecen en Las almas muertas de Gogol, el zavtrak, una larga mesa donde hay, entre muchas otras viandas, pescados ahumados, esturiones, salmones, truchas, empanadas de gamo y otras piezas de caza, crepas, requesón, variedad de embutidos, setas, el infaltable caviar, el infaltable vodka, el infaltable samovar, "platos de salmón, de esturión, de caviar fresco y caviar prensado, arenques, queso, lenguas de buey ahumadas y lomo de esturión también ahumado", describe Gogol, "una empanadilla rellena con las barbas de un esturión de más de nueve puds, otra rellena con setas, pastelillos y pastas…"

Pero en México hay tantas clases distintas de desayunos como regiones culinarias, aunque tengan hilos de conducción comunes, el más visible de ellos los huevos compuestos de todas las formas imaginables, y los chilaquiles verdes y rojos, los frijoles molidos refritos, las quesadillas, y las tortillas calientes envueltas en un lienzo acogedor, unos desayunos capaces de tomar media mañana, y que luego de consumados, por muchas entrevistas de prensa que uno tenga, sólo incitan a volver a la cama a rumiar el gusto de la hartura.

Con mi plato en la mano me puse en la fila frente al cocinero que freía los huevos, a ver qué grata escogencia haría esa mañana, y tuve tiempo de estudiar de nuevo la lista escrita con tiza en la pizarra escolar, una variedad más que incompleta porque en México todo lo que es culinario es infinito:

Huevos rancheros (de los que estaba dando buena cuenta Mario con apetito de premio Nobel), fritos enteros, cubiertos por una fina salsa de jitomates licuados (tomates decimos en Nicaragua, pero me atengo al modo mexicano) y una o dos tortillas de maíz por cama.

Huevos embodegados, fritos enteros, metidos dentro de una tortilla de maíz.

Huevos atropellados, con tomate y rodajas de chile jalapeño encima de una tortilla de maíz, y debajo otra tortilla con birria, (carne de carnero, ternera o puerco a la barbacoa), al estilo tapatío, o con machaca (carne seca de res) al estilo norteño.

Huevos montados, fritos enteros pero desnudos, puestos sobre una lonja de arrachera (un corte delgado de carne de res), con frijoles molidos al lado, guacamole, papa fritas, y rodajas de tomate y cebolla.

Huevos sincronizados, fritos enteros, sobre una tortilla de maíz con jamón y queso, y bañados con salsa ranchera, acompañados de frijoles refritos y papas ralladas.

Huevos tirados, fritos revueltos, cubiertos de frijoles refritos y cubos de queso fresco, y acompañados de rodajas de plátano macho frito.

Huevos divorciados, fritos enteros, uno bañado con salsa de jitomates verdes y el otro con salsa de de jitomates rojos, acompañados de frijoles refritos y guacamole.

Huevos socorridos, con chorizos desmenuzados encima y salsa de jitomates verdes.

Huevos motuleños, bañados de salsa de jitomates rojos, sobre tortilla de maíz, y al lado frijoles molidos refritos, y, además, jamón y chorizo.

2.

Las muy variadas maneras de preparar los huevos del desayuno desbordan la inventiva mexicana y van a dar a la geografía centroamericana y caribeña aunque con menos abundancia de variantes. De la costa de Colombia recuerdo siempre con nostalgia de paladar las arepas con huevo. La arepa, que comparten la cocina colombiana y venezolana, es una tortilla gruesa de maíz, pero en este caso, el de la arepa con huevo, como la masa se infla al freírse, da la oportunidad de meterle un huevo crudo mediante un orificio para llegar a la oquedad, asunto de cocineras expertas, orificio que luego se repara con un poco masa cruda, como quien repella una pared, y así se sigue en la fritura para que el huevo ya cobijado adentro se cocine también. En el patio central del antiguo convento de Santa Teresa, convertido en hotel, donde se sirve el desayuno, la cocinera prepara las arepas con huevo a la vista del solicitante

121

que debe tener paciencia, pues la operación por primorosa es dilatada, y luego hay que comerla con chile o ají picante, y suero, como llaman a la crema ácida en Colombia. Son muy buenos, pero al otro lado de la calle, la cocinera de los García Márquez los hace mejor.

En Nicaragua los huevos rancheros se sirven en una salsa de rodajas de tomate y cebolla, mucho menos aderezada de chile que en México, pero no hay duda que esta manera de prepararlos proviene de la influencia mexicana, ya desde el nombre, porque en lugar de decir huevos rancheros, lo apropiado sería decir huevos finqueros. Rancho, en Nicaragua, no es un fundo, sino una humilde construcción de caña brava y techo de paja. No hay de qué quejarse, sin embargo, la cultura nicaragüense ha pasado dorándose en la parrilla de la cultura mexicana, giros del lenguaje, imágenes, mitos, iconos, gracias a la música, tanto la de cabaret como la ranchera, y siempre añoramos vivir allá en el rancho grande por virtud de las voces de Tito Guízar, Jorge Negrete, Pedro Infante y Javier Solís. Y gracias al cine. Ferias poblanas, mariachis, cantinas, cabarets, el quinto patio, el paisaje desértico sembrado de nopales, la Virgen de Guadalupe, Pancho Villa, Zapata, y el Distrito Federal la gran ciudad, la ciudad de los palacios. Y fue en las películas mexicanas que desde niño aprendí acerca de las ventas callejeras de tortas y tacos de alambre, de moles y chilaquiles.

Allá por los años setenta no sé en qué tratos de hacer cine andaba con Alfonso Arau, y me invitó a comer al restaurante de los estudios Churubusco, donde encontré que en la mesa vecina estaba sentada con otras actrices nada menos que doña Sara García, la eterna abuela de los lacrimógenos churros mexicanos. Me quedé embobado, viéndola con los mismos ojos del proyeccionista de doce años que había pasado tantas veces sus películas, y de pronto la oí exclamar: "Capitán, ¿qué pasó con mis chilaquiles?" Una frase para la historia.

Sara García aparte, y dejando también aparte la versión nacional de los huevos rancheros, a sus órdenes mi teniente, en Nicaragua tenemos nuestro propio y variado código en cuanto a huevos se refiere:

A los huevos fritos enteros, con lo blanco de la clara alrededor y la yema amarilla al centro, los llamamos huevos estrellados, un toque algo lírico: huevos estrellados, noches estrelladas.

A los huevos que no son fabricados en base alimentos concentrados, en granjas de pollas cautivas y cegadas por la luz, los llamamos huevos de amor porque provienen del tradicional y casi olvidado apareamiento entre el gallo y la gallina, y tienen una yema encendida que tira a rojo, que es el color de la pasión.

A los huevos cocidos les decimos huevos duros, sin ninguna inventiva, nombre que se extiende a las personas de ojos saltones, ojos de huevo duro, pero que nadie come en el desayuno y se sirven más bien, en rodajas, para adorno de las ensaladas.

Y están por fin los simples huevos revueltos, a los que se llama huevos perdidos por razones que ignoro y me abstengo de suponer, y a los que se mezcla a veces trocitos de chiltoma, cebolla y tomate, útiles también para improvisar una cena.

Estamos hablando de huevos, porque luego vamos a hablar de egos, según el canon de Juan Cruz. En Alemania, país invitado de honor a la Feria este año que relato, y que trae su propia muestra culinaria disponible a la hora del almuerzo en Los Vitrales, la imaginación no vuela tan alto en la materia: no existen los huevos doctor Fausto, Doktor Faustus Eier, que serían necesariamente huevos endiablados, o a la diabla, y que supondrían mucho chile diente de perro (Capsicum annum, variedad Acuminatum), uno de los más bravos; ya se sabe el papel del perro en el Fausto como encarnación del demonio. Pero ya se sabe también que no es costumbre teutona el chile, y en los desayunos de los hostales berlineses, según recuerdo, la oferta se limita a los huevos tibios, que se colocan en una copita metálica para que puedan sostenerse, después de sacárseles de un recipiente en forma de una horrible gallina de porcelana, y, ya en la copita, debe tocarse el extremo superior con una cucharita para romper la cáscara, como quien llama a una puerta.

3.

Huevos revueltos, huevos perdidos. Egos revueltos, egos perdidos. Según Juan Cruz, los escritores   desayunan todos los días egos revueltos. Scrambled eggs, scrambled egos.

Por tanto, para hablar de los egos, podemos hacer uso de los catálogos de formas de preparar los huevos:

Egos estrellados (escritores que tienen buena estrella, o, muy por el contrario, perdieron el rumbo y el accidente resultó aparatoso).

Egos de amor (propio).

Egos tibios (que ponen poca pasión en su escritura, o ponen poco ardor en defenderse a sí mismos de las insidias).

Egos benedictinos (escritores humildes y conventuales hasta donde se puede).

Egos a la ostra (para los que no salen de su concha).

Egos embodegados (alguien los metió allí, junto con sus libros que por desgracia no se venden).

Egos atropellados (por otros que se creen más grandes, llenos de fatuidad que los vuelve faltos de toda consideración).

Egos socorridos (cuando se trata de escritores que gozan de favores oficiales).

Egos divorciados (escritores peleados a muerte entre ellos, sin posibilidad alguna de reconciliación).

Egos montados (sobre el escenario).

Egos sincronizados (que son los casos más raros, escritores que se llevan bien entre ellos).

Egos hueros (escritores víctimas de la anodina vanidad).

4.

La palabra huevo, ya se sabe, es sinónimo de testículo, y aquí entramos en el terreno de los alardes masculinos. Huevos, cojones, coyoles. Así como hay plátanos machos, también hay egos machos, aunque no he encontrado ninguna receta de huevos machos. Tener los huevos bien puestos, se suele decir de los pendencieros dispuestos a todo, como es fama que era el poeta modernista venezolana Rufino Blanco Fombona, al que Rubén Darío tenía miedo cerval y temblaba al oírlo relatar sus lances a balazos.

Así la figura de El valiente en la carta número 12 de la tradicional lotería mexicana, el sombrero lanzado al suelo en señal de desafío, el arma blanca en la mano derecha, y en la izquierda el sarape. Qué huevos de hombre, solemos decir frente a quien se empeña en una empresa arriesgada, o en algo difícil, o inútil. Qué ego de hombre, deberíamos decir en tributo a la persistencia de quienes se empeñan en sobresalir a toda costa.

Hablando otra vez de la Feria de Guadalajara, mientras cenábamos en el restaurante Corazón de Alcachofa por invitación de Alfaguara, después de concluido el homenaje póstumo a Eliseo Alberto, a mis instancias empezamos a hablar del tema de los huevos, pues saqué mi Moleskine de tapas negras, de las mismas que usaban Hemingway y Picasso según la propaganda, donde había copiado la lista que ofrecía la pizarra de Los Vitrales; la leí, con lo que se fueron sumando toda suerte de comentarios animados, y de pronto, no sé por qué, mencioné los huevos chiclanes, que no son comestibles; así se dice en Nicaragua de los varones que nacen con un solo testículo. A lo que Rafael Rojas, sentado a mi lado, agregó que en Cuba se dice chiclano. La Real Academia agrega ciclán, y explica que la palabra viene del árabe hispano siqláb, y a su vez del latín vulgar sclavus, esclavo. Vaya etimología, chiclán, y encima esclavo.

¿Habrá también, además de egos revueltos, egos ciclanes, chiclanes, o chiclanos? Debe haberlos. Se trataría, sin embargo, de egos incompletos, una condición rara, porque, por ley natural, todo ego tiende a crecer y desbordarse, y no a sentirse de ninguna manera disminuido, o congelado. ¿Cómo sería de maltrecho el pobre ego de los cíclopes de La Odisea, que además de tener un solo ojo, tenían un solo huevo, pese a ser gigantes? ¿Hay gigantes mono testiculares entre los escritores, es decir, gigantes chiclanes?

Apartémonos de allí, porque eso es difícil averiguarlo. Y, además, la masculinidad tiene poco que ver con la escritura, esos son temas machistas heredados por los vicios nefandos de la persistente sociedad patriarcal, mi teniente, a menos que hablemos de Hemingway que adoraba matar animales salvajes en sus cacerías africanas para coleccionar sus cabezas, y penaba por ver el resplandor escarlata de la sangre de los toros desde los tendidos donde iba a admirar a Dominguín y a Ordóñez en sus mano a mano, de donde saldría Verano sangriento, aunque los críticos taurinos más reputados de entonces, estamos hablando de 1959, Gregorio Corrochano y César Jalón Clarito, no se muerden la lengua al afirmar que de toros, Hemingway no sabía nada. ¿Y qué sabía Lawrence Durrell de pájaros, flores y frutos del mediterráneo cuando escribió el Cuarteto de Alejandría? Para eso tenía la Enciclopedia Británica, confesó, para eso tenemos ahora la borgeana biblioteca infinita de Google.

Hemingway ego turbulento, el doctor Chéjov ego apacible; jamás hubiera apretado el gatillo para matar a un gamo. Pero, aunque de espíritu delicado, no se desmayaba a la vista de la sangre que manchaba su pañuelo cuando tosía. Ni tampoco a la vista de los cadáveres, si nos atenemos a una carta del 27 de junio de 1884 dirigida a Nikolai Leikin, donde relata la autopsia que le tocó hacer al aire libre a un campesino asesinado en las cercanías de Voskresensk. "El cadáver", cuenta, "lleva una camisa roja, calzones nuevos, está cubierto por una sábana…la autopsia da como resultado veinte costillas rotas, un edema pulmonar y tufo a alcohol en el estómago".

5.

La primera vez que puedo comentarle a Juan mis impresiones acerca de Egos revueltos, le digo que, en realidad, a pesar de las sospechas de liviandad que su lectura puede despertar, pues los escritores que allí aparecen, casi todo famosos, cada vez que se alza la cortina entran en el escenario para hacer una especie de striptease, a veces quedando desnudos del todo, otras, con algunas prendas mínimas encima, es un libro sobre la muerte. Sobre la vejez y la muerte. Y sobre la gloria y sobre la muerte, siendo la gloria perecedera e inconstante, y la muerte ya se sabe que no, que no tiene nada de inconstante ni de perecedera.

Lo leí con de la misma manera que leí el Borges de Bioy Casares, 1.600 páginas de entradas que Daniel Martino entresacó de los diarios de Bioy, un libro que nunca me arredró por su voluminoso tamaño, más grueso quizás que un pequeño Larousse, y que aunque parezca mentira uno puede leerse de una sola sentada, sin dormir ni comer, si es lo suficientemente vicioso. Cada entrada una delicia, hasta aquellas que simplemente dicen "hoy cena Borges en casa", algo que ocurría casi todas las noches del mundo, y donde se van sucediendo acontecimientos banales, reproducción de diálogos malignos, juicios literarios arbitrarios y otros cargados de veneno, personajes a los que ambos toman de encargo riéndose de su vanidad y de su pomposidad, pero que al fin y al cabo, igual que Egos revueltos, es un libro sobre la vejez, y la soledad, y la muerte, y la desolación que sobreviene tras la muerte.

Todo libro, igual que una vida, tiene un fin, pero el fin del Borges de Bioy Casares es de alguna forma aterrador, porque una amistad de medio siglo termina en la separación forzada, Borges que se va a morir a Ginebra y Bioy que se queda en Buenos Aires donde la noticia de que el viejo e inseparable amigo ha muerto se la da en la calle, al atardecer del sábado 14 de junio de 1986, "un individuo joven con cara de pája-ro" al que apenas conoce, cuando se acerca al quiosco de Ayacucho y

Alvear en busca de un libro. "Hoy es un día muy especial", le dice el joven dos veces. "¿Por qué?", le pregunta Bioy. "Porque falleció Borges. Esta tarde murió en Ginebra".

Y entonces se va, dice Bioy, y siente que son sus primeros pasos en un mundo sin Borges, "que a pesar de verlo tan poco últimamente yo no había perdido la costumbre de pensar: 'tengo que contarle esto. Esto le va a gustar. Esto le va a parecer una estupidez'. Pensé: 'nuestra vida transcurre por corredores entre biombos. Estamos cerca unos de otros pero incomunicados. Cuando Borges me dijo por teléfono desde Ginebra que no iba a volver y se le quebró la voz y cortó, ¿cómo no entendí que estaba pensando en su muerte? Nunca la creemos tan cercana. La verdad es que nos creemos inmortales…'".

Es como si el doctor Watson se hubiera quedado sin Holmes. Dos almas que en el mundo había unido Dios, dice la letra del bolero Dos almas. Dos egos que en el mundo había unido Dios, dos egos juntos pero no revueltos, una amistad entre hombres que pasaban casi todo el día juntos, cenaban juntos, veraneaban juntos, Bioy casado, Borges soltero, aunque alguna vez casado sin inspiración alguna. Dos huevos estrellados en el mismo plato, dos egos estrellados. Bioy cuenta de sus pláticas con Borges sobre Swinburne, sobre la poesía victoriana y sobre los prerrafaelistas, pero también cuenta cómo el ciego Borges se orinaba fuera de la taza del inodoro y dejaba el piso del baño mojado de orines. Ambos son asuntos de la literatura.

6.

En 1963, el escritor salvadoreño Álvaro Menen Desleal, que por puro amor al arte de las ficciones había descompuesto sus apellidos originales, Menéndez Leal, para darles un toque más provocador, de lo leal a lo desleal, tenía 31 años de edad y ya había dejado tras de sí una larga cauda de acontecimientos que incluía su expulsión de la Escuela Militar "Gerardo Barrios" por haber publicado un poema que las autoridades castrenses juzgaron subversivo; lo metieron preso luego bajo el cargo de conspirar contra el régimen de uno de tantos coroneles, el coronel Osorio, había peleado en las arenas de boxeo de México y Centroamérica en la categoría de peso mosca, y después de ejercer el periodismo escrito había fundado el primer noticiero de televisión que se transmitió en El Salvador, amén de haber dado pruebas de ser un publicista sagaz e imaginativo.

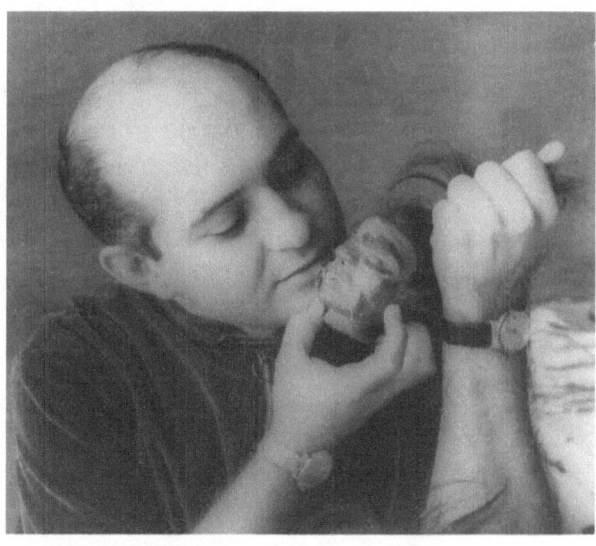

Ese año de 1963, entonces, ganó el segundo lugar en el Certamen Nacional de Cultura con su libro Cuentos Breves y Maravillosos, título que recordaba demasiado el de Cuentos Breves y extraordinarios de Borges, aparecido diez años atrás. Pero eso no era todo. Cuando el libro se publicó, traía a manera de prólogo una carta del propio Borges, que comenzaba:

"Mi querido amigo:

Al conocer sus Cuentos Breves y Maravillosos, pienso que no fue meramente accidental que Kafka escribiera La Muralla China: se repite en usted la nota de lo que con Bioy Casares llamamos las antiguas y generosas fuentes orientales. Se repite y se prueba mi idea de que el número de fábulas o de metáforas de que es capaz la imaginación de los hombres es limitado...limitado o no, lo cierto es que usted prueba a su vez que ese número no está en manera alguna agotado...mas usted le da nuevo engaste y logra con intensidad lo que otros, en más de veintitrés siglos, no lograron con extensión. Por eso yo no acepto el homenaje que me rinde al declararse mi seguidor. Si de algo es usted seguidor es de sus propios sueños..."

Las dudas envidiosas no tardaron en estallar como burbujas malsanas en el mundillo literario centroamericano, y sobraron las acusaciones de plagio contra los propios textos del libro, y las de falsificación burda de la carta de presentación. Álvaro, que ya se sabe era publicista sagaz, escribió él mismo, bajo nombre simulados, no pocas de esas acusaciones que llegaban a los periódicos, con lo que las ventas del libro se dispararon. Nadie reparó en la nota con que, al final del libro, completaba su ardid:

"Querido maestro Borges:

Mi vanidad y mi nostalgia —me digo con sus palabras— han armado una escena imposible. De pronto despierto de un sueño y tengo su carta en las manos, como la flor de Coleridge...".

La carta, los cuentos, la nota final, todo era parte de la misma ficción, todo era borgiano. Y cervantino.

En septiembre de 1999, cuando se celebró el centenario del nacimiento de Borges, Saúl Sosnowski, director del Departamento de Lenguas y Literatura de la Universidad de Maryland, organizó en Buenos Aires un seminario. Allí me encontré, después de décadas sin vernos, a Álvaro. Cuando tomó la palabra, hizo una detallada confesión acerca del prólogo apócrifo, y explicó cómo había urdido todo, a manera de un renovado homenaje a Borges y a sus formas de inventar, donde la distancia entre los documentos reales y los ficticios no existe. Y en uno de los descansos de las sesiones, a la hora del café, me dijo que algo iba siempre a inquietarlo hasta la muerte, y es que ya nunca alcanzaría a saber si Borges se habría enterado del affaire centroamericano alrededor del prólogo, y si alguna vez habría llegado a tener entre sus manos sus Cuentos Breves y Maravillosos. Lo más probable, me dijo, abatido, es que seguramente no. Murió menos de un año después en San Salvador, el 6 de abril del 2000.

Álvaro ya no se enteró, pero Borges sí supo del affaire, y leyó el libro, tal como consta en los diarios de Bioy publicados en Borges.

En la entrada correspondiente al miércoles 11 de septiembre de 1963, Borges le dice a Bioy: "tengo que consultarte sobre algo"…y "trae un libro Cuentos Breves y Maravillosos, de un tal Menen Desleal, y una carta, de otra persona, guatemalteca, según creo, que le ha enviado el libro…". Luego hablan de la apócrifa carta elogiosa, y Borges expresa el temor de que su madre, sin consultárselo, la hubiera escrito y enviado; pero descartan la posibilidad, porque la señora nunca escribe tan largo, ni hubiera imitado el estilo de Borges. Leen algunos de los cuentos, y uno de ellos, Los Cerdos, les parece muy gracioso.

Borges, cuenta Bioy, no sabe qué hacer. Considera que el autor del libro es más inteligente que quien lo denuncia, pero que alguna razón tiene éste…los generosos elogios que prodiga a sus propios cuentos, invalidan su carácter de obra desinteresada. Bioy lo contradice: "no podés ponerte en contra de un pobre individuo bastante inteligente, que no tiene libertad ni posibilidad de escribir sino como imagina que vos escribís…". Y entonces, sigue la conversación, y Borges elogia el libro, y aún la carta apócrifa.

Por fin Borges contesta ese mismo mes al denunciante, que es el escritor Alfonso Orantes, y le dice: "Ya que el volumen consta de una serie de juegos sobre la vigilia y los sueños, queda la posibilidad de que mi carta sea uno de tales juegos y travesuras..."

Llama "mi carta" a la carta imaginada, o fabricada, por Álvaro. Y ha pasado a ser auténtica. Aparece incluida en El círculo secreto, (prólogos y notas de Jorge Luis Borges, Emecé, Buenos Aires, 2003). Borges nunca la escribió, pero ahora la ha escrito. Es su carta. Y Álvaro sin enterarse.

7.

Literatura y vida. La gente escribe y orina. Ambiciona, envidia, da codazos, martaja el pie del otro, le serrucha el piso porque piensa que la estatura de escritor se gana haciendo más pequeño al del lado. Algunos plagian. Grandes escritores fueron grandes hideputas, como dicen de Quevedo, insoportables, vanos, mentirosos, y otros escritores mediocres fueron tan buenos como el pan, nice guys incapaces de quebrar un plato. Egos exaltados, egos moderados, egos que sobreviven acaso enteros, egos que quedan en un solo verso que alguien recuerda siglos después de memoria, como era la ambición de Octavio Paz, egos que se disuelven en la nada.

En una mesa redonda en la que participó con Jon Lee Anderson y Jean Françoise Fogel en la Fiesta del Libro de Medellín en septiembre de 2012, estamos hablando de lo que pasa con los escritores después de la muerte, ser leídos o no ser leídos, y Jean Françoise dice que un escritor, al morir, va al purgatorio. De allí saldrá hacia la gloria, que es la posteridad, o hacia el infierno, que es el olvido.

8.

Camilo José Cela, por ejemplo, marqués de Iria Flavia y agente del cuerpo policial de Investigación y Vigilancia del Ministerio de la Gobernación bajo el régimen del Generalísimo Franco, capaz de escribir bajo encargo del dictador general Marcos Pérez Jiménez una novela, La Catira, por la que recibió tres millones de pesetas. Mala en todo sentido, fue publicada en 1955. La propaganda oficial quería contrarrestar la fama de Doña Bárbara, de Rómulo Gallegos, derrocado en 1948 como presidente de Venezuela por un golpe militar del que fue parte el propio Pérez Jiménez; pero no se trataba de una sola novela, sino de una serie de seis, según el plan que al fin no se consumó, para crear un lazo cultural entre el nacionalismo bolivariano de Pérez Jiménez, y el hispanismo redentor de Franco; todo está muy bien contado en el libro Historia de un encargo: La Catira de Camilo José Cela, escrito por Gustavo Guerrero, que le valió el premio Anagrama de ensayo en 2008.

Uno de los personajes más atractivos de Egos revueltos es Cela, precisamente. Juan Cruz, siendo un periodista novato en Tenerife, recibe el encargo de ayudarlo a dormir y lo acompaña a su habitación del hotel Mencey donde debe arrullarlo con lecturas. "Cela desayunaba egos revueltos, era su desayuno, a la hora de desayunar y siempre", dice Juan. Otro más de los egófagos, que se sustenta debidamente cada mañana para todo lo que traiga el día, pero un egófago muy representativo de su especie. Años después el propio Juan va a discutir con él el encargo de unos artículos de viaje para El País, y Cela saca un papel en la que ya trae consignadas las condiciones que reclama, entre otras cosas un Fiat Supermirafiori Testarrosa, enlistado entre los diez más bellos automóviles de la historia, y un trabajo en la cadena SER para su ayudanta personal, con la que luego se casaría. La tratativa fracasó por causa de semejantes exageraciones, como fracasó la otra, revelada recientemente, que consta en los archivos de Carmen Balcells, acerca del libro turístico Viaje sentimental a Marbella que Cela escribiría para el ayuntamiento de esa ciudad, siendo alcalde el inefable Jesús Gil, por la bicoca de 250 millones de pesetas. Gil tenía colmillos tan duros como los de Pérez Jiménez, pero no se ablandó como lo hizo aquel, y así el mundo se perdió de un libro que, por lo que se ve por el título, pretendía competir con A sentimental journey de Laurence Sterne.

Juan no ve a Cela de un solo lado de su extraña y compleja personalidad, el lado mercenario; también lo enfoca del lado del escritor con poder, capaz de dispensar favores, o quitarlos, abrir y cerrar puertas: "siempre hubo gente ayudándole, y él mismo, se sabe, ayudó a muchos; ahí está su libro de cartas con exiliados, a los que les ofrecía el respaldo de su revista Papeles de Son Armadans; ayudó a Francisco Umbral a ganar el premio Cervantes, y ayudó a José García Nieto a ganar el mismo premio; ayudó a gente a entrar en la Academia, y ayudó a que otra gente no entrara. Era, en ese sentido, como un campesino con poder, animado siempre a ofrecer a sus vecinos, a sus fieles, el apoyo que le permitían sus contactos y sus influencias. Y estaba dispuesto, también, a pedir la destitución de aquellos que no le rindieran la pleitesía a la que su larga historia le hacía acreedor... Don Camilo era como una poderosa industria".

"Los egos son la materia misma de la escritura", dice Juan. Alguien que se dedica al oficio de escribir, y nace dotado para ello, viene ya de fábrica con el ego exacerbado. ¿Podría ser de otra manera, desde luego que se escribe desde el yo personal más profundo que sale a competir armado en corso? ¿La ambición final de un escritor sería la de quedarse solo en el mundo con sus libros, sin competencia alguna?

El ego no admitiría así la generosidad con los demás del oficio, pero yo he conocido casos muy contrarios, Cortázar, ya queda dicho, Mario Benedetti, José Saramago, Tomás Eloy Martínez, Carlos Fuentes. Fuentes fue un generoso entusiasta, basta su libro La gran Novela Latinoamericana donde prodiga juicios desprendidos para novelistas de diversas generaciones, y busca animar y apoyar a los más jóvenes y así ponerlos en circulación.

9.

Juan recomienda en Egos revueltos no juntar a dos autores de la misma generación, porque "los iguales se repelen, a no ser que se junten por su gusto". Tengo pruebas de lo contrario. Ya conté a la entrada que en 1998 Eliseo Alberto y yo ganamos por partida doble el Premio Alfaguara la primera vez que se convocaba. El premio no fue dividido, lo que las bases no permitían, pero las bases no decían nada acerca de concederlo de manera doble, que es lo que hizo el jurado presidido por Carlos Fuentes con el consentimiento de Jesús de Polanco, quien al fin y al cabo era quien debía poner la plata, aunque en adelante quedó prohibido expresamente, viva moneda que nunca se volverá a repetir.

Derrotamos entonces todas las predicciones de que teniendo que viajar juntos por meses en la gira de promoción de ambas novelas, por toda España y por toda América Latina, terminaríamos odiándonos, el facón en mano, corto y filoso, los sombreros lanzados con furia al suelo, como El Valiente de la lotería mexicana, acechándonos debajo de un farol de resplandor macilento en la esquina rosada, como personajes copiados de Borges. Resultó todo lo contrario, no sé si porque los dos éramos caribeños, acostumbrados a la eterna "mamadera de gallo", y el humor nos tendía un puente, y a lo mejor, sobre todo, porque Lichi era un ser humano bajado de otro planeta donde la envidia, la inquina y la malaleche no existen. Podríamos decir que éramos egos empatados.

Eliseo Alberto, el Lichi de la leyenda, es el cubano en singular que quedará en mi memoria. He conocido a muchos cubanos pero como éste, ninguno. Su paso, como de baile, su afecto amoroso, la clave alegre de burla e ironía en todo lo que decía, el manantial de historias que siempre tenía para contar. Un cubano con el que nunca me encontré en Cuba, porque él era un exiliado y yo nunca volví a Cuba, a la que Lichi añoraba siempre y sobre cuyo recuerdo lloraba su alma con sentimiento de niño.

De modo que desde entonces el premio nos hizo hermanos siameses, y más que egos empatados, egos siameses. Caracol Beach, y Margarita está lindar la mar. Caracol Beach, una novela de feroz nostalgia y soledad, la soledad de la locura y el desarraigo, el urgente deseo de morir como una saga del desespero y la desesperanza.

Nos conocimos en México en la Casa Lamm, el centro cultural de la Colonia Roma, cuando concurrimos juntos a la primera conferencia de prensa de las muchas conferencias y entrevistas que nos tocaría dar, acompañados de Sealtiel Alatriste y Marcela Serrano, quien había sido miembro del jurado presidido por Fuentes, junto a Tomás Eloy Martínez, Rafael Azcona y Rosa Regás. En lo que a mí tocó, y otro tanto parecido tocó a Lichi, fueron unas 600 entrevistas, 30 ciudades a un promedio de 20 entrevistas por ciudad, curando las fatigas con bromas y chistes sin que nunca entráramos en competencia por los reflectores y las cámaras, ni la maledicencia ni la envidia enseñaran su cola. Ínfulas, soberbia, vanidad con tus alas doradas. No es que fuéramos perfectos, claro, pero hacíamos lo posible por mantener a raya a la fiera. Nuestros egos eran egos cordiales.

Si Caracol Beach es una novela para siempre, su Informe contra mí mismo es un libro de testimonio también para siempre, que si no fuera por su tesitura real, parecía una historia novelesca de Lichi: el muchacho al que la Seguridad del Estado recluta para que espíe a su propio padre. El libro es mucho más que eso, por supuesto, pero la anécdota se queda en la carne del lector como grabada con un hierro candente. Una Cuba libre, por favor, es el título de la primera pieza de su libro Dos Cubas libres. El título de su propia vida.

Había que comparecer en el lobby de los hoteles para empezar en punto las entrevistas apenas terminado el desayuno, o el almuerzo, correr de un estudio de televisión o radio a otro; la lista era agobiante y había que ingeniárselas para aparecer frescos, como si se tratara de la entrevista única y uno no se hubiera pasado repitiendo a lo largo del día, y en los días anteriores, lo mismo, tratando de urdir variaciones sobre el mismo tema.

Una vez, en Barcelona, me dijo que ya no aguantaba más, y que no seguía adelante. Eso no podía ser, éramos siameses y donde fuera el cuerpo del uno tenía que ir el del otro. Lo sometí a una larga perorata acerca del objetivo que perseguíamos, como en los viejos manuales leninistas de táctica y estrategia. El objetivo eran las dos novelas, que debían venderse, y por tanto leerse. Lo convencí. En adelante, cada vez que bajábamos a desayunar, su saludo consistía no en decirme buenos días, sino: "el objetivo".

Y así seguimos. En Guijón, Daniel Mordzinski nos hizo fotos en un bar: en una jugamos al dominó, del que no entiendo nada pero en el que Lichi, como buen habanero, era sabio. En la otra, Juan Cruz hace de barman y nos estrecha las manos desde el otro lado de la barra. Recalamos una medianoche en su casa del Desierto de los Leones en la ciudad de México, una casa que recuerdo extraña, con recovecos ciegos como los de las construcciones de Piranesi, y gradas que llevaban a ninguna parte como en los cuadros de Escher, después de la fiesta de lanzamiento en el Poliforum de Siqueiros, al pie de la torre del World

Trade Center, bautizado así por los murales exteriores de Siqueiros, y al que Luis Cardoza y Aragón llamaba "el Poliqueiros de Siforum", una velada estilo Cabaret-Chanson en la que cantó Tania Libertad las canciones de un nuevo disco que estaba por salir.

En Buenos Aires, cuando íbamos a abordar el avión a Montevideo en el Aeroparque, a Lichi no le dieron el pase las autoridades uruguayas porque su pasaporte cubano era de segunda, un pasaporte de expatriado que inspiraba desconfianza, y siempre egos siameses, yo tampoco abordé y regresamos juntos al hotel Alvear. Viajamos una tarde en auto a Rosario, para el acto de lanzamiento, y volvimos después de la medianoche, el río Paraná siempre invisible a nuestra vera. En la fonda del camino donde nos detuvimos a cenar, los cantantes de una troupe del Teatro Colón que regresaban de una función de ópera también en Rosario, departían contentos alrededor de una mesa, y de pronto el tenor se puso de pie y empezó a cantar a capella el aria del brindis de La Traviata, y los demás se alzaron en coro respondiéndole. En el tedio de la rutina, la magia también existía.

La mañana que comenzaban nuestras presentaciones en Miami, nos reunimos para el desayuno en el hotel de Coconut Grove, donde recalábamos, con la agente de relaciones públicas contratada por Alfaguara para organizar el programa de entrevistas; y cuando lo puso sobre la mesa descubrimos que las radios donde íbamos a ser entrevistados eran todas militantes furibundas del exilio anticastrista.

Lichi, no más hojear el programa, había perdido bastante su buen humor y su serenidad, y se negó rotundamente a participar de las entrevistas. Alegó vehementemente que conocía toda aquella pelotera, de la que nunca lograría salir bien parado. Yo no entendía mucho sus razones. Informe contra mí mismo era credencial suficiente para aplacar a cualquier periodista radical que quisiera enrostrarle afinidades o benevolencias con el gobierno de Cuba, pero él se mantuvo en sus trece, y me dejó a mí en la sin remedio de comparecer en aquel circuito que empezaba por Radio Martí y Radio Mambí, una carga que sin duda yo estaba peor preparado para sobrellevar, desde luego que venía de ser protagonista de una revolución afín a la cubana, y a la que esas mismas emisoras habían adversado a muerte.

La sabia experta en relaciones públicas había errado el tiro al creer que gracias a aquellas entrevistas se venderían muchos ejemplares de las novelas premiadas, y no dudé de que las preguntas se alejarían de inmediato de la literatura, para pasar al de la política, como bien temía Lichi. Pero del otro lado estaba la editorial, que nos había traído hasta Miami en una gira que apenas iba a la mitad. Y me fui con la experta, solitario y desvalido, a cumplir con mi destino de novelista en gira promocional. Ya ni siquiera le dije a Lichi: ¿y el objetivo?

Empezamos con un programa de radio a la hora del almuerzo, transmitido desde el restaurante Rancho Luna de la calle 45, Latinoamérica al Día, si mal no me acuerdo, entre vociferaciones y pláticas y comentarios de mesa a mesa, conspiraciones a grito partido y últimas novedades sobre la inminente muerte de Fidel Castro. Cada minuto que pasaba yo sentía que se hacía eterno, y maldecía, además, a la experta que me había dejado a la puerta del restaurante prometiendo regresar para llevarme a la siguiente estación de la agenda.

A las dos de la tarde estaba ya en el estudio de Radio Mambí. El programa estelar que me tocaba se pasaba en vivo, y duraba una hora completa, con intervenciones libres del público al final. La boca del lobo es siempre honda y oscura, pero aquel conductor era un hombre muy cordial, y muy profesional, muy bien enterado de los libros y muy sagaz en sus juicios literarios, y cuando entramos en el terreno político no dejó su ponderación. Se acercaba la hora en que se abriría el micrófono para dar paso a las intervenciones de los radioyentes, y entonces empezó a advertir a los participantes potenciales que las preguntas debían plantease con respeto, mientras los múltiples botones del teléfono de cabina relampagueaban con furia.

Y en eso ocurrió otro milagro, más esplendoroso que el de la troupé de cantantes de ópera junto a las aguas oscuras del Paraná. Unos dedos golpearon con premura el vidrio de la cabina de transmisión, y aquella dama elegante detrás del vidrio, sin esperar respuesta ni permiso, entró rauda, nos envolvió en los efluvios de su perfume, ocupó uno de los asientos alrededor de la mesa, acercó con delicadeza el micrófono que tenía enfrente, y dijo, con inconfundible acento cubano, que mientras conducía su carro por Coral Way, venía escuchando el programa y las cosas lindas que yo estaba diciendo, por lo que había decidido acercarse a la emisora para darme un beso, que en ese instante me dio, en recuerdo, además, de la vez que había estado en Managua en los años sesenta para cantar en la inauguración de un club nocturno de llave que se llamaba 21, una novedad entonces en Managua comprar una llave para meterla en la cerradura y entrar a un night-club.

Yo tardaba en acatar quién era aquella mujer tan dueña de sí misma y tan dueña del estudio al que entraba como a su casa, hasta que el conductor del programa empezó a llamarla Olga, y yo caí entonces en la cuenta de que aquella voz mágica, de estremecerse al oírla, era su voz, una voz que me hablaba desde la memoria, desde las roconolas de los bares, desde los tocadiscos de las fiestas juveniles, desde la radio encendida hasta altas horas de la noche en mi pieza de estudiante en León. La voz de la reina del bolero. La voz de Olga Guillot.

La reina se quedó en el estudio con nosotros, y el programa derivó hacia la música, hacia el bolero, hacia sus canciones, Tú me acostumbraste, La noche de anoche, La gloria eres tú, que yo le iba enumerando, y convertido en entrevistador entusiasta suyo le hice no pocas de las preguntas que siempre quise hacerle desde los tiempos en que le hablaba en sueños, que es como uno le habla a las diosas del Olimpo, mientras las luces rabiosas en los botones del teléfono se iban apagando como por encanto.

Nos reímos mucho, bromeamos. El beso que me dio era un premio inesperado, y al volver al hotel en Coconut Grove qué otra cosa iba a decirle a Lichi sino: de lo que te perdiste, compadre, ese beso cubano era para ti, o al menos nos hubiera tocado uno a cada uno como siameses que somos.

10.

Lichi se sabía las mejores historias del mundo, que solía contar en nuestras comparecencias, la más memorable de ellas una en que un estudiante le pregunta a José Lezama Lima qué cosa era el azar. "El azar es", habría contestado Lezama, "que tú te subes a la guagua y al lado del asiento que eliges va sentada la mujer que será tu esposa..."

"¿Y ése es el azar, maestro"?, lo interrumpió el alumno. "Espérate a que termine", respondió Lezama, "el azar es la mujer que iba en la guagua a la que no te subiste".

Lo demás que contaba, también parecía mentira, o fruto de su ingenio. Que de niño Lezama lo había cargado en sus piernas, que Virgilio Piñera llegaba a tomar el café todos los días a su casa en la

Calzada de Jesús del Monte en La Habana. Nada más verdadero, como que también Eliseo Diego, uno de los grandes poetas de la lengua era su padre, y Cintio Vitier y Fina García Marruz, otros dos grandes poetas, eran sus tíos. Una infancia dorada en una casa llena de libros donde siempre sonaba un piano, y un nombre aristocrático largo el suyo, como el de un personaje de las viejas radionovelas cubanas de Félix B. Caignet, tan prolífico como su colega mexicana Caridad Bravo Adams: Eliseo Alberto de Diego García Marruz. La correspondencia de muchos años entre su abuela y Rose Kennedy, ambas compañeras de internado en Nueva York. "No creo que tu hijo, si es un caballero, sea capaz de invadir Cuba", habría escrito la abuela en una de sus cartas a su amiga Rose en 1960, en vísperas de Playa Girón.

11.

Se pueden revolver egos sin que se quemen en la cazuela entre llamaradas de azufre.

He visto muchas veces juntos a Xavier Velasco, que es mexicano, y en las presentaciones de sus libros se auxilia con un muñeco al que él mismo hace hablar como ventrílocuo, el doctor Enedino Godínez, un policía convertido en crítico literario; a Edmundo Paz Soldán, que es boliviano de Cochabamba, a Santiago Roncagliolo, que es peruano, a Jorge Volpi, también mexicano, a Andrés Neumann, argentino, a Juan Gabriel Vásquez, colombiano. Todos son muy jóvenes, de edades parecidas, todos han sido alguna vez premiados, tres de ellos con el Alfaguara, y forman una fraternidad que me asombra porque jamás sacan el cuchillo de la esquina rosada, y cuando se juntan en privado, en la mesa de un bar o en una comida, se dan entre ellos bromas desalmadas porque viven en una eterna jodarria, y cuando comparecen en público en ferias y festivales siempre tienen algo divertido que decir, o se ríen el uno del otro, aunque haya entre ellos algunos más circunspectos, como Juan Gabriel, serio y reservado como Clark Kent antes de desvestirse y quitarse los lentes para aparecer en el traje de Superman. Nada de egos divorciados, o atropellados, ni siquiera escalfados, y esto que son muchos egos juntos como para hacer una tortilla digna de los records Guinness. Egos no revueltos, sino revoltosos.

12.

Los peores egos son los que se toman en serio, de donde nace la pomposidad, como aquel personaje de Dickens en Bleak house que sacaba a pasearla todas las tardes, debidamente acicalado, como único oficio de su vida. La risa ablanda los egos, es su mejor salsa, y quien sabe reírse de sí mismo corre menos riesgos de despeñarse en el precipicio de la vanidad, que por lo general es insondable. La vanidad, que parte las más de las veces de la inseguridad, la otra cara del ego. De allí salen los más insufribles. "Si no se entiende la grave inseguridad del autor (aunque sea el mayor egocéntrico del catálogo) ante la aventura de publicar, es mejor dejar el oficio", dice Juan.

Y no es que todos los insufribles sean malos escritores, los hay entre los repugnantes de carácter muy buenos, pero en ese caso es mejor leerlos que tratarlos. Y tampoco entre ellos se soportan. ¿Y los pavorreales? Los pavorreales no se pisan entre ellos las colas.

¿Y los egos que se sienten postergados? Hay que leer El jardín de al lado, de José Donoso, para darse cuenta de lo que significa ese sentimiento para un escritor. Escritores cortejados y otros sin cortejo. Escritores entrevistados y otros a quienes los reflectores no alumbran. Al que mandan a traer en un auto en el aeropuerto y al que no. Las filas de quienes buscan firman en las ferias de libros, unas más largas, otras más cortas, otras ralas, otras esporádicas, otras sin nadie, en tanto el autor busca disimular su soledad mientras un paseante manosea el libro que está ofreciendo, y luego lo deja y se va.

Ya atardecía cuando traspuse una vez las puertas de una librería de la cadena Barnes and Noble en Pentagon City, en Washington, y bajo la suave luz de hospital que alumbraba las estanterías divisé, en un recodo despejado, las filas de asientos cromados que habían sido puestos para la presentación de un libro, y también estaba la mesa cubierta de un mantel verde, y la silla para el autor, y el micrófono, la jarra de agua y el vaso, y la pila de libros al lado listos para los autógrafos, todo el ritual cumplido. Cuando leí uno de los carteles que anunciaban la presentación, descubrí que no faltaba tiempo para que empezara, sino que la hora había llegado, y no había un alma.

Se trataba de un libro sobre béisbol y el autor, rubio y delgado, vestido de manera atildada, conversaba de pie, al lado de la mesa de paño verde colocada frente a las sillas vacías que parecían bostezar, con una muchacha del personal de la librería. Y entendí, conmovido y solidario, a aquel autor sin público que no tardaría en marcharse hacia la siguiente estación de su gira promocional, donde a lo mejor lo esperarían dos, o tres, y como magia de la suerte, en algún sitio, diez o veinte parroquianos, y entonces sería su felicidad.

Son los momentos más duros para el ego, enseñar la mercancía y buscar venderla, como pasa en las casetas de la feria del libro del parque del Retiro en Madrid, alguien que se acerca, toma tu libro frente a tus propios ojos, lo mira, lo hojea, y te haces el disimulado, golpeas la mesa con el lapicero, a lo mejor lo volverá a poner en su sitio y se irá, o a lo mejor te lo ofrecerá sonriente para que se lo firmes, y entonces tu ego encogido vuelve a esponjarse.

Hay un restaurante vecino a la puerta de Cocheros del parque del Retiro, donde Alfaguara convoca a sus autores a la hora de la comida, un merecido descanso entre las jornadas de firmas de libros en las casetas. Una vez, en una de esas comidas, se hablaba, como sin querer, del largo de las colas de cada quién. José Saramago, a quien ese mismo año le darían el premio Nobel, comentó muy humildemente: "Bueno, yo tenía mi colita".

En la feria de 2007, Alfaguara me llevó a la caseta de la librería Antonio Machado para firmar ejemplares de mi libro de cuentos El reino animal, al mismo tiempo que lo hacían dos bestsellers, Antonio Gala a mi izquierda, envuelto en una capa cordobesa, recién aparecida su novela El jardín de las estatuas, su larga fila formada por señoras elegantes, habitués suyas, algunas con un perrito poodle en el regazo, y a mi derecha Ildefonso Falcones, cuya novela La catedral del mar, aparecida un año antes, hacía entonces furor, como para haber vendido hasta entonces casi un millón de ejemplares, y su cola era tumultuosa. Son los momentos en que uno se siente desamparado, con su ego por los suelos, pues la mía era corta y a veces esporádica, y uno tiene que comportarse con el espíritu de un verdadero corredor de fondo, como el de Alan Sillitoe.

13.

El malentendido, dice Juan, "es el criadero de la mala memoria, y por tanto del rencor; no hay vacuna contra eso, pero sí hay ejercicios, una gimnasia que hay que hacer para que el recuerdo, e incluso el olvido, no sean la simiente del rencor o del desdén".

Como editor, ha tenido que arrear rebaños enteros de egos díscolos que quieren cada uno ir por su camino. "La asignatura más difícil de los editores es el aprendizaje del respeto del ego; si no la aprueban no son nada", dice. Y aprender a ser buenos confesores, y a guardar el secreto de confesión. Un editor es "un confesor laico que recibe a gente que le confía libros, palabras, solicitud de salvavidas". Un diván en el despacho, o un diván portátil, en el que el autor pueda tumbarse para desahogar sus penas.

En otras palabras, hay que saber parar el huevo de Colón, o sea, el ego de Colón. En su Historia del Nuevo Mundo publicada en Venecia en 1565, Girolamo Benzoni narra que hallándose el Almirante entre cortesanos, uno le dijo: "si vuestra merced no hubiera encontrado las Indias, no nos habría faltado una persona que hubiese emprendido una aventura similar a la suya, aquí, en España, que es tierra pródiga en grandes hombres muy entendidos en cosmografía y literatura". Colón lo que hizo fue mandar que la trajeran un huevo, lo puso sobre la mesa, y dijo: "Señores, apuesto con cualquiera de ustedes a que no serán capaces de poner este huevo de pie como yo lo haré, desnudo y sin ayuda ninguna". Todos trataron sin fortuna de parar el huevo, y siendo Colón el último del turno, lo que hizo fue golpearlo contra la mesa, y así lo dejó de pie. "Todos los presentes quedaron confundidos y entendieron lo que quería decirles: que después de hecha y vista la hazaña, cualquiera sabe cómo hacerla". Quizás ya Colón se sabía la historia del nudo gordiano, y lástima que en ningún menú figuren los huevos del Almirante, o los huevos al Almirante.

Manejar egos es algo mucho más sutil que parar el huevo, o el ego de Colón. No cualquiera puede lograrlo, aún después de haber leído el manual de egos que es Egos revueltos. Quizás el secreto está en que para entenderse bien con escritores, hay que ser también escritor como lo es Juan, partiendo desde el propio ego hacia el ego de los demás, y así poder decirles: ego te absolvo.

Masatepe, diciembre 2011/Managua, septiembre 2013